ベリーズ文庫

平凡な私の獣騎士団もふもふライフ3

百門一新

STARTS
スターツ出版株式会社

目次

平凡な私の獣騎士団もふもふライフ 3

Heibon na watashi no jukishidan mofumofu life

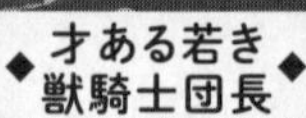

ジェド・グレイソン

獣騎士団が治める広大な土地「グレイソンベルト」領主で伯爵。素の顔は泣く子も黙る鬼上司。リズとの偽装婚約をやめる気がないようで…？

◆幼獣のお世話係
&カルロの助手◆

リズ・エルマー

獣騎士団初にして唯一の女性団員。白獣と心を通わせることができる。恋愛経験ゼロのため、最近ジェドとの距離が近くて戸惑いぎみ。

◆ジェドの
最強相棒獣◆

カルロ

他の白獣よりひときわ大きく知能が高い。筆談で会話することも！ リズに撫でられるのが好き。

前回までのあらすじ

不運体質の平凡女子・リズは獣騎士団に手違い採用され、白獣たちのお世話係を任命されてしまう。忙しくも充実したもふもふライフを過ごす中、獣騎士団長・ジェドとの距離も次第に縮まり…とある任務で彼の「婚約者役」に大抜擢！ 周囲に嘘であることを告げられないまま、リズの村近くで「獣の亡霊」が暴れているという事件が起こる。獣騎士団は調査に乗り出すことになり…!?

CHARACTER

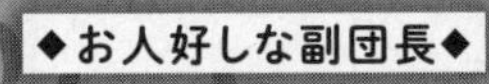

コーマック・ハイランド

穏やかな好青年で誰に対しても丁寧な口調を崩さない。ジェドとは幼馴染みで、苛烈な彼にしばしば振り回されている苦労人。

◆年齢不詳&美貌の紳士◆

ベルベネット子爵

ドラッド村領主。常に飄々としてとらえどころがない。白獣に興味を持ち、獣騎士団の調査に協力する。

◆狼と生きる謎の少年◆

シモン

山で一人生きる少年。整った容姿で女性受けが良い(自覚アリ)。「白獣の亡霊」事件に関わっているようで…？

「白獣」とは？

ウェルキンス王国グレインベルト領に生息する魔力保有生物。基本人間には懐かず、神聖で貴重な生き物として崇められている。

「獣騎士団」とは？

初代グレイソン伯爵が設立。相棒として白獣の魔力を引き出し戦う精鋭部隊。白獣から認められた者だけが騎士になれる。

平凡な私の獣騎士団もふもふライフ3

序章　あの日、別邸にて

美しい白亜の屋敷があった。

それはウェルキンス王国の王都に建つ、グレイソン伯爵家別邸だ。外観内観共に美しく、都とは思えない緑豊かな印象もあった。

先日、そこにジェド・グレイソンが、国王陛下の要望ととある任務も兼ねて、リズ・エルマーと相棒獣のカルロと共に訪れた。

――そして数日、滞在したのだ。

グレイソン伯爵であるジェドの相棒獣カルロは、初めてそこを訪れた時、抱いていた不安も完全に消えてしまった。

白獣のことを、よく考えてつくられた建物であるのを感じた。人の暮らしを知って間もないカルロだったが、自分たちが走るにも十分で窮屈のない〝庭〟や、建物内の空間からも白獣への配慮が伝わってきた。

よかった、という思いがまずはよぎった。そこに、引退した老いた戦闘獣がいると聞いていたからだ。

それは、先代獣騎士団長であり、前グレイソン伯爵であるヴィクトルの相棒獣だ。

広々としたそのリビングも、彼女――その相棒獣が過ごしやすいよう家具の数や配置まで考慮されていた。

《ふふふ、そんなに足腰は悪くないのですけれど》

リビングで、リズとジェドが彼の両親と話している。

そんな中、カルロは開かれた大きな窓の手前で、先代の相棒獣と並んで前足を組むように伸ばして座り、くつろいでいた。

《ヴィクトルもアリスティアも、サムソンも家の者たちも、わたくしをとても気遣うのですわ。まだ、高く飛ぶことだってできるのに》

女王の魔法によって、極めて高いコミュニケーション能力を確保され、白獣たちは自分の保有魔力を使って意思の疎通ができる。

――その白獣同士の言葉は、人には聞こえない。

先代の相棒獣もカルロも、リズたちの様子を眺めていた。

時々こちらへ向けられるリズたちの目からは、この二頭が喧嘩しないかどうか……という不安の色も感じられた。

《ふん。喧嘩など、するはずがない》

カルロは、失敬だと言わんばかりに鼻を鳴らした。

すると母のような優しい目をした相棒獣が、くすくす笑う。

《そうですわね。私はメスで、老いた白獣——だから手の一つも出さないなんて、ほんと、あなたはとてもお優しいお方ですね》

《ふんっ》

お喋りが過ぎるぞと、カルロはジロリと隣に視線を移動する。だがふて腐れているようなしかめ面を、彼女は穏やかに見つめていた。

美しい紫色（バイオレット）の目が、しばし互いの白い獣姿を映し合う。

《それにしても。あなたが、ここにいらっしゃるなんてねぇ》

彼女の老いた獣の目が、穏やかに微笑む。

《縁とは、わからないものですね》

カルロは、何も答えなかった。

視線を戻してみると、ジェドがリズの肩を抱いていた。彼の婚約者を装ったリズが、結婚予定であることをいっそう喜ぶ彼の両親に、大変困った様子でどうにか笑ってごまかしている。

年を重ねた夫婦とリズとジェドの、賑（にぎ）やかなだんらん。

その様子が、とてもとてもカルロの目に鮮やかに映った。
つい、時を忘れて見つめてしまっていた。
ジェドが喜び、そしてリズが危険もなくそこで過ごす姿が、カルロの思い描く理想と重なって、うれしくて、よくて――。
《女王の直属である特別な獣戦士、暮らす山と群れを守る白獣。先代から名を継承する戦士のうちの一頭であるあなたが、まさか人里に下りてくるだなんて》
《――予感がした。気づいたら、足が向かっていた》
カルロは、ポツリと初めて本音を口にした。
《ふふっ。でも、それをよかったと思っているのですね》
《そうだな。そうでなければ、俺は出会えなかった》
ぱったん、とカルロの尻尾が優雅に揺れる。
彼女の優しい目が、同じくカルロが見つめる先にあった、グレイソン一家のだんらんへと向けられた。
《あなたは、何も変わりませんね。若く、凛々しいままで》
その言葉に、カルロは応えなかった。
《わたくしは、あっという間に、あなたよりも〝年上〟になってしまいましたわ》

二頭の間に、大窓から吹き込んだ風が心地よく流れていく。

カルロは、運ばれる風をしばらく眺めた。子供だった頃の彼女を思い出していた。

よちよち歩きだった幼い獣だった――。

《お前が、戦闘獣になっているとは思わなかった。他の子らが喧嘩で爪を立てても、争いを避けて小さくなっている幼子だった》

《ふふっ。わたくしだって母になりましたから。だから強くなったんです》

ふと、会話が途切れる。

カルロは視線を横に流し向けた。穏やかに微笑した彼女の横顔は、思い返す表情でもあった。

当時の子の中で、存命しているのは恐らく彼女だけだろう。

白獣は、たとえ兄弟であったとしても魔力量や強さが違っている。潜在能力だけでなく〝寿命〟にも差があるのだ。

《お前の子らは、無事大人になった》

カルロは、ふんっと前足に顎をのせた。

《ええ。ええ、知っております。――そして恐らくは、この母よりも長く生きていないことも》

彼女は獣の言葉でつぶやくと、疲れた様子でくつろぐ姿勢を少しだけ変えた。丸めなおされた尻尾がふさっと体の横にかすったが、カルロは不満を言わなかった。

《ねぇ、あなた様》

彼女が、優しい声で呼ぶ。

《もう一度、あの頃みたいに、お話ししてくださいませ。あの不器用な寝かしつけの時にもあった、冒険談を聞きたいのですわ》

むぅ、とカルロは尻尾をぱったんぱったんとして考える。

もう子供ではないのにと言いたげだった。でも、『老い先が短いのでもう一度』と言っているのもわかっていた。

だから、カルロは一言で断れもせず、悩んでいるのだ。

そんな彼の思いなんてお見通しだったから、彼女は微笑ましげだった。

《わたくし、年を取ったぶんだけお喋りになりましたの。滞在されている間、どうぞよろしくお願いいたしますわね》

くすくす笑う先代相棒獣に、カルロは参ったと思ってふて寝を決めた。

一章　まさかの里帰りですか⁉

王都からグレインベルトに戻って、一週間が経った。

先日の大活躍がいまだ国内各地で騒がれている中、獣騎士団は本日も通常業務が明けた。

一週間前、ジェド・グレイソンが王城内の横領事件を解決しただけでなく、獣騎士団を率いて王子誘拐を阻止し反抗グループを取り押さえた。

その王都での活躍は、連日国内中の新聞で大々的に伝えられていた。領主であるジェドを慕っているグレインベルトの領民たちは、誇らしげだった。

そして各新聞は、唯一の女性団員についても大変褒めた。

【獣騎士団で初めてとなる女性団員が、ウェルキンス王国の、第一王子ニコラスを守った】

その雄姿は、王城の騎士たちからも高く評価され、本日もその記事が小さく載ったのだが……当人は新聞をチェックする余裕がなかった。

帰還してから、ずっと悩み続けていることがある。

王都から戻り、七度目の朝を迎えた。どうしたものかと不安のまま寮から出たところで、リズは自分宛てに手紙がきていると言って渡された。

「ひぇっ」

その送り主名を見た途端、彼女は飛び上がった。

【ヴィクトル&アリスティア・グレイソン】

それは、獣騎士団長であるジェドの両親からの手紙だった。

先日、リズは任務で王都に行った。その際『ジェドと婚約予定の恋人である』という任務も兼任したのだ。

ジェドに恋人ができたことを、彼らはとても喜んでくれていた。

それは国王陛下や、王都にいた人たちもそうだった。

任務でバタバタしたこともあって、真実を打ち明けるタイミングを逃してしまったのである。

その結果、引き続き彼らを騙(だま)してしまっている状況にリズは悩んでいた。

「リズちゃん、今さっき郵便屋さんが来てなかったっけ――て、あ～……」

顔を出した獣騎士が、察した表情で言葉を切る。

どれどれと、相棒獣の散歩中だった獣騎士第三小隊長のトナーも、通りすがりに立ち止まって一緒にリズの手元を覗き込んだ。

「うわぁ……これ、前獣騎士団長からか」

「はい……。この前話したことです」

「つまり中身の内容は——アレか」

トナーたちが、ピンときた凛々しい表情をする。

ジェドと婚約予定の恋人だという関係が、真っ赤な嘘であると前グレイソン伯爵夫妻は知らない。リズの嫁入りをとても楽しみにしてくれていて、今度またいらっしゃいと熱烈に言ってくれていた。

「きっと、いろいろと楽しみにしているとか、そういう内容でしょうね……」

リズは、くらくらした頭を抱えながら答えた。

忙しくて忘れていたのか、ジェドも何も対策を取らなかったらしい。

帰還した翌日、両陛下と公爵家から、婚約の前祝いの手紙が届いて卒倒しそうになった。

【こちらは、いつでも婚約を承認する用意は整えた】

喜んでくれるだろうかというニュアンスで、手紙にそう書かれていた。

だがまったくうれしくなかった。なんてことをしてくれているんだと、リズはおののき震え上がった。

ジェドが、相棒獣のカルロに乗ってひとっ飛びでリズを連れていくか、手紙一つで婚約が成立するだなんて、とんでもないことだ。

リズとジェドの『婚約予定である』というのは〝ふり〟なのである。

「も、もし新聞で書かれちゃったりしたら、アウト……っ！」

リズは、もう戻ってきてから気が気でなかった。

これが領民たちや、故郷の両親や村人たちにまで伝わったりしたら大騒ぎだ。

獣騎士団長、ジェド・グレイソン。二十八歳。グレインベルトの領主にして、現在のグレイソン伯爵だ。

『彼は、十七歳のリズ・エルマーと恋人同士である』

そんなとんでもない嘘の設定が、王都の一部では続いていた。

まだ婚約をしていないためか、今のところ恋人うんぬんのくだりさえ公表は控えられているようだが……不安である。

「えーと、リズちゃん安心してほしい」

考え込んでしまったリズを見兼ねて、獣騎士の一人が言った。

「今日の新聞でも、恋人うんぬんだとかは書かれていなかったから」

「非戦闘員ではあるし、ちゃんと個人情報だって守られてる」

続いてトナーも、励ましつつ安心させるように述べた。

「そう、なんですね……」

でも心配も不安も消えない。

前グレイソン伯爵夫妻どころか、王子ニコラスも協力するぞとノリノリだったこともあり、婚約の下準備まで整えられてしまっているのだから。

相手は王侯貴族だ。新米の獣騎士団員であるリズに、実は嘘だったんですと問題にならないよう場を収められるはずもなく……。

「先に、幼獣舎の方を見てきますね」

ふらりとしながら、リズは朝一番の日課に取りかかることにする。すぐに手紙を読む勇気は出なかった。

トナーたちが、団員の一員として彼女の雄姿を涙ぐみ見送った。

「みょん！」

「みゅみゅーっ！」

幼獣舎では、足音を聞きつけて幼獣たちがリズを待っていた。

扉を開けるなり愛らしくもふもふアタックされる。白いふっくらとした小さな体に、つぶらな紫色の目だ。

「ふふっ。おはよう、みんな」

たった一目だけで、リズは大変癒やされて表情がほころんだ。声をかけると、幼獣たちは丸い犬歯を覗かせて元気よく鳴いた。

リズが幼獣舎の窓をすべて開ける間も、彼らは親みたいに彼女の後をちまちまとついていく。

やわらかいミルクご飯を準備し始めると、口元をぺろりとする。

でも、以前みたいにすぐに飛びついたりはしなかった。幼獣たちは、足元をじたばたさせずに〝お座り〟をして食事の時を待つ。

カルロの真似をしているのだと、リズは最近気づいた。

彼は、よくここへ来るから。

「みんな、カルロのこと大好きよね」

リズはうれしそうに笑った。来た時は暴れ白獣だなんて言われていたカルロは、今や獣騎士団長ジェドの頼もしい相棒獣だ。

態度はそっけないけれど、とくに白獣の子に対しては優しい一面もある。

昨日も、彼らに背中や足に乗られて困っている様子だった。でもカルロはおとなしくしていた。

怪我をさせないことを考えて困っているんだろうなと、見ていてリズもわかったから、カルロの元教育係としても微笑ましかった。

「あなたたちが、カルロを見て真っ先に懐いたのがわかる気がするわ」

リズが笑いかけたら、幼獣たちはとてもいい笑顔で鳴いた。白いふわふわの尻尾がパタパタ揺れていて、あたり前！と答えられている気がした。

「みゅみゅん！」

──親馬鹿、なのかもしれない。

リズも幼獣たちを、本当のママみたいに大好きだったから。

でもそれでいいのだ。胸を張って好きだと言えた。幼獣たちが立派に育っていく姿を、これからもずっと見守って成長を手助けしていきたい。

「それにしても……うぅ、胸が痛くなる手紙だわ」

食事を終えた幼獣たちの顔の周りを、濡れたタオルで綺麗にしたのち、しゃがみ込み例の手紙を読んだ。

ジェドの父親と母親から、便箋数枚に分けてメッセージが書かれていた。

婚約どころか、結婚式のことにまで話が及んでいる。

「偽物の恋人関係なのに……」

リズは、騙している罪悪感に胸がキリキリした。

手紙には、王都での伝統的な婚礼式のことも書かれていた。

グレイソン伯爵家では、代々王城から見える式場で式を挙げてきたらしい。領地の町で婚約指輪を作り、王家が認めた王都の装飾職人によって作られた結婚指輪を、挙式で贈り合う。

――それは、とても素敵で夢みたいな結婚だった。貴族の屋敷もない田舎の小さな村出身のリズには、とうてい想像もつかないくらいに。

「いつか、団長様はそうやって誰かと結婚するのね」

吹き込んだ風に誘われて、幼獣舎の入り口から空を見上げた拍子に、そんな言葉がリズの口からこぼれる。

どこか白獣と似た、彼女の赤紫色（グレープガーネット）の大きな目に青空が映った。

そこには澄んだ青色が広がっていて、雲が穏やかに流れている。しばらくはいい天気が続きそうだ。これから来る夏の気配も感じた。

リズは、獣騎士団員としてジェドを信頼していた。

　でも彼のことを考えると、胸が静かに温かく高鳴るのだ。

「信頼している部下って、こういう感じなのかしら……？」

　違うような気もするけれど、考えると途端にわからなくなる。

　こうしてジェドがそばにいないことを思うたび、最近は寂しいような気持ちも込み上げて、胸のあたりがきゅうっとした。

　変な話だ。彼の直属の『幼獣の世話係〝兼〟相棒獣の助手』として、いつも働いているというのに。

「毎日、顔だって見ているし、困らされてもいるのにね」

　でも帰還してからは、話す時間も減っていた。王都での活躍を新聞で褒められている彼は、領主としても忙しく町に出かけることも多い。

　遠い人、なのよね……。

　少しの間、どうしてかそんなことを思って空を眺めていた。

　動かなくなってしまったリズを見て、幼獣たちが集まりだした。もふもふの短い前足を伸ばして、不思議そうにぽふぽふとする。

　まるで励ましているみたいだ。

　遅れて気づいたリズは、ハタと目線を戻した。

「大丈夫よ。ちょっと休憩しているだけなの」

「んみゅ？」

幼獣の一頭が、小首をかしげながら手紙をちょいちょいとつつく。

「ううん、危ないものではないのよ。大切なものなの。私のことを思って書かれている、素敵な手紙なの」

「みょ！」

わかったとでも言っているのだろうか。最近ますますしっかりし始めている二頭の幼獣が、短い右前足をピッと上げて鳴いた。

くんくんにおいまで嗅ぎだしていた幼獣たちが、速やかに手紙から離れる。

「ふふっ。私が『大切なもの』と言ったこと、わかったのね」

「みゅっ、みゅみゅん！」

近くにいた幼獣たちの数頭が、しゃがみ込むリズのスカートに前足をのせて、誇らしげに主張する。

か、か、かわいい……っ！

愛くるしい健気さが、リズの母性本能に突き刺さった。

「もうもうっ、あなたたち日々成長しているんだから！」

思わず一緒くたに抱きしめたら、腕の中で数頭の幼獣がきゃっきゃっテンションを上げて、もふもふ動いた。

やわらかい、温かい、幸せすぎる。

他の幼獣たちも、ぐりぐりと頭をリズにこすりつけた。ぴょんっと背中に飛びついて、ぺろぺろと頬をなめたりする。

「今日も、お昼寝をした後でブラッシングをしましょうね」

「みゅーっ！」

そう愛らしい幼獣をなでくりしながらも、リズはポケットに咄嗟にしまった手紙をチラリと思う。

「団長様、何か対策は考えてくれているのかしら？」

両陛下と公爵家に続いて、前グレイソン伯爵からも手紙がきた。

恐らくジェドの元にも、彼の両親からの手紙が届いていることだろう。たぶん愛情があるからこその、小言もしっかりと添えて……。

その時だった。獣がドゥッと地を駆け、その大きく白い体で風を切る音が、不意に鼓膜を震わせた。

リズは、幼獣たちの賑やかさの中でピクッと反応した。

彼女が赤紫色の目を向けると、続いて幼獣たちも「んみゅ？」と耳を立てた。

「リズちゃん、ちょっといいか!?」

その数秒後、幼獣舎の扉前に騎獣した獣騎士が現われた。

わざわざ相棒獣に乗っての敷地内の移動だ。それに加えて焦ったような表情に、リズは急かされて立ち上がる。

「どうかされたんですか？」

「ここは俺と、これから来る何人かでいったん見ておくから、悪いけど、急いで団長たちのところに行ってくれ。実は――」

彼が続けた短い言葉を聞いて、リズは大きく目を見開いた。

◆§◆§◆

獣騎士団の本館内に、バタバタとした足音が響いた。

リズは、春を思わせる髪とスカートを揺らして、獣騎士団長の執務室を真っすぐ目指して走った。

慌てすぎて、確認の声をかけて入室許可を取る、という手順も忘れた。

獣騎士団長の執務室の扉をノックした直後、それを開け放って部屋に突入すると同時に、驚きを隠しきれず叫んでいた。

「団長様！　す、数百年前の白獣の亡霊が、山の獣に乗り移ってよみがえったって、どういうことですか⁉」

それは、あまりにも突拍子のない話だった。だから知らせにきた獣騎士から連絡を受けたのち、慌てて駆けつけた次第だ。

室内には団長ジェドと、副団長コーマックの姿があった。

ジェドは執務机にいて、隣には無愛想な顔で座っているカルロの姿がある。

獣騎士団長ジェド・グレイソンは、恐ろしいくらいに美しい男だ。鮮やかな青い瞳に、夜空を写し取った艶やかな深い紺色の髪をしている。

「なんだ、もう来たのか」

ふっと彼から視線を返されたリズは、一瞬ためらってしまった。

獣騎士団内ではドS上司で有名なのに、外では猫をかぶって、柔和な笑顔が美しいと言われている『理想の上司ナンバー1（ワン）』。

とくにグレイソン伯爵家の別邸滞在中、リズはその笑顔に翻弄（ほんろう）された。しかし帰還してから、自然な表情にまで時々目を奪われた。

「えっと……だ、だって、お話を聞いてとても驚いたものですから」

なんだか焦ってしまって、リズは少し遅れてやや早口で答えた。

視線を逃がした時、こちらを見ているカルロが目に留まった。他の戦闘獣より一回り大きいものだから、いっそう窮屈そうだった。

むぅとしている彼の尻尾が、床の上をゆっくり左右に擦っている。

じーっと睨まれて、リズはハタと気づく。

「あ。そうね、午前中は団長様と忙しかったものね」

なでてほしいみたいだ。ひとまずジェドのことも二の次になって、リズはいったん彼にぺこりと会釈をして合図する。

それからパタパタとカルロに駆け寄った。

すると座っていたカルロが、ずいっと頭を寄せてきた。

「すっかりなで癖がついちゃったわね」

大きなふわふわの頭を、抱きしめるようによしよしとなでてあげる。

「ふんっ」

相変わらず喧嘩でも売るみたいな鼻息を吐いたのに、カルロはリズの手にぐいぐい頭を押しつけてきた。

大きな尻尾が、ぱったんぱったんと喜びで揺れていた。

それをジェドが頬杖をついて眺める。

「朝、向かわせなかったから機嫌を損ねていたのか。リズも、カルロばっかりじゃなくて俺のことも構ってくれればいいのに」

「なっ、なんでそうなるんですか」

突然変なことを言いださないでほしい。ドキドキしてしまったリズは、ひそかに胸を落ちつけながら言い返した。

けれど彼は、ひたすらじっと見てくる。

「たとえば、なでてみるとか」

「えぇ！　団長様に『よしよし』するとか無理ですよ⁉」

「カルロをなで回す方が、普通はハードルが高いと思うんだけどな」

戦闘獣である白獣は、獣騎士以外には牙をむく。国内で最大の大型獣ということもあって、恐れられてもいた。

獣騎士団で唯一の女性団員であるリズは、非戦闘員だ。それでいてカルロは、所属しているどの白獣よりも大きくて威圧感があった。

「まぁまぁ。団長も、そのくらいにしてやってください」

副団長のコーマック・ハイランドが、そこで口を挟んだ。ここ毎日、団長と領主の両方が忙しすぎて疲れ気味だったジェドをなだめる。

彼は、ジェドとはまたタイプの違う美男子だ。

柔和な雰囲気の端整な顔立ちと、優しい目。性格は正直で、『理想の上司ナンバー2（ツー）』と言われて人気もあった。

彼がリズを落ち着かせるように、遠慮がちに微笑を浮かべた。

「今回の件ですが、僕らも初めてのことで面食らっているんです。いったいどういうことなのかと、先程部下たちの一部を含めて話し合っているところですよ」

「白獣の亡霊、ですよね？」

リズは、カルロから手を離しながら改めて確認する。コーマックが浅くうなずき返すのを見て、再び心臓がドクドクしてきた。

「な、なんで、そんなことに」

思わずつぶやくものの、リズの言葉は続かない。

死んだ白獣の亡霊が、ベン＝ドラッド村で騒ぎを起こしている――。

つい先程、呼びにきた獣騎士から聞かされた内容を思い返した。頭の中が混乱してくると、ジェドが吐息交じりに「落ち着け」と言ってきた。

「お前が強く動揺したら、またコーマックが考え込みそうだ」

「あっ。す、すみません」

謝るリズに続いて、つい深刻顔になったコーマックも「すみませんでした団長」と小さな声で謝罪した。

「まぁいい。急ぎ書かれた手紙のせいで詳細がなく、内容に不明瞭な点が多いのもたしかだからな――これが先程届いた依頼だ」

ぱさり、とジェドが執務机の上に手紙を置いた。

村で騒ぎが起こり始めたのが、先月のことだという。

行き来する山で恐喝と、獣による損壊被害もたびたび起こり、村人の生活が脅かされているらしい。

「え、待ってください。金品強奪なら山賊では」

「詳細は書かれていないが、それに関しては俺たちの方ですでに憶測が一つ立っている。まぁ、ひとまず急ぎ話したいことは、お前も気になっているその〝亡霊〟の獣のことだ」

ジェドは、冷静な口調で話を続けた。

麓近くで畑が荒らされ、置いてあった人力式農道具が倒された。そして猪（いのしし）の衝突にも耐えた村一番の水車が壊される事件が起こる。

村人たちにとって、その水車は農業の生命線だった。

生活にも関わる第二、第三の水路まで何かあっては、困る。

「そこで親交がある町、ドラッドへ相談し、事件は村の外へ明るみになったわけだ」

町から支援物資と共に人材が送られ、急ぎ修理が行われた。そして村のため調査隊も派遣された。

そこで調査隊は、『白獣ではない山の獣に、白獣の亡霊が憑いている』と推測し調査結果をまとめたらしいのだ。

「実際に目撃したようだな。なんでも、かなりバカデカい獣だったらしい」

その時の恐怖で興奮したかのような、手紙の乱れた走り書き部分をジェドは指で叩いて続ける。

「あれ程大きな獣は、白獣の他に知らない、と」

白獣は、魔力保有動物だ。そのため、死後の魂が亡霊としてよみがえることもあるのではないか……と彼らは考え立ったようだ。

聖獣としても崇められているので、とくに年配の者たちはそう感じたらしい。

長年壊れることがなかった巨大水車を倒す強靭な力。そして人間を見ると、過剰反応と思える程の攻撃態勢で歯をむき出す性質……。

手紙に書かれていた目撃情報からすると、たしかに白獣っぽくはある。

リズはジェドの話を聞きながら、でも……と思ってしまう。

「ありえん憶測話だが、町と村の長たちは、それは数百年前の白獣の亡霊が、山の獣に乗り移ってよみがえったモノ、と結論づけた」

「でも、それって、とても大きな獣だったんですよね？」

聞く側に徹していたリズは、そこで声を上げた。

「別の獣が、大きな獣の姿に変わるだなんて……本当にあるんでしょうか？」

「正体が〝亡霊〟なのか、それとも別の何かなのかはわからない」

正直に述べて、ジェドは小さく首を横に振る。

「だが、完全には否定できないのもたしかだ」

そう口にした彼の青い目が、真剣味を帯びた。

白獣は、ウェルキンス王国内で、唯一の魔力保有生物でもある。個体によって、その潜在能力にも差はある。

その生態については、まだ不明点も多くあった。

「昔、一ほえで戦闘馬を吹き飛ばした白獣もいたらしい」

「声で吹き飛ばしたんですか……？」

「いや、恐らくは〝風〟だ」

「風？」

リズが大きな目を瞬（しばたた）くと、ジェドはうなずく。

「リズもこの前、ニコラスの元にいた幼獣の魔力吐きを見ただろう。あの白獣の魔力属性は、恐らく風だ」

「で、でも、それではまるで魔法――」

言いかけて、リズは言葉をのみ込んだ。

見守っていたコーマックに目を向けると、まさにその通りというように視線を返された。

「白獣の生態の、不明な部分も含めて考えると、可能性はあると思います」

「そ、うですか……」

思わずリズが視線を落としたら、それを戸惑いと取ったのか、ジェドがやや声を和らげて続けてくる。

「火の中に飛び込んでも無傷だった白獣や、走ることによって矢を弾いた白獣。予知能力のように相棒騎士へ危険や助言を伝えたものもいたとか――その記録は、我がグレイソン伯爵家に残されている」

よそにとっては、大変貴重な白獣の資料となろう。

だが、リズはそんなことを思いつつも、以前山で出会った〝白獣の女王〟のことを思い出していた。

山と同化し、頭の中に直接人の声で語りかけることのできる巨大な白獣だった。

彼女は、一体化した山の領域内であれば、好きなところへ人や白獣を運ぶこともできた——それは魔法みたいな、不思議な力だ。

それをリズが目の当たりにしたことを、ジェドは知らないから続けてくる。

「亡霊に関しては、カルロの意見も踏まえて調査を決めた」

「え？　カルロですか？」

きょとんとしてリズは目線を戻した。

ジェドが「ああ」と答えて手を伸ばすと、カルロがぐいーっと頭を押しつけた。自分からなでられにいっている感じでもある。

相棒獣になってから、よりなでられたい欲が増しているのだろう。

リズは、その印象が間違っていないか、ジェドに確認してみたくなった。でもそれをカルロに聞かれたら、素直じゃないので、鼻を鳴らされてそっぽを向かれそうな気がした。

「えっと。それで、カルロはなんと言っていたんですか？」

リズは、ひとまず彼がすっかりなでられたがりになっていることを、頭の片隅に寄せてそう尋ねた。

今もジェドは、カルロと心で会話しているのかもしれない。そう思ったら、やっぱり少しうらやましくて、ついじっと見つめてしまった。

ジェドが言葉を詰まらせ、その頬がじわじわと染まっていく。

「団長……」

思わずつぶやいたコーマックの生温かい視線に、ジェドが咳払いして答える。

「カルロに聞いてみたら、『古きモノなら、亡霊としてよみがえる可能性はある』という返答があった」

「亡くなってかなりの年月が経った白獣、ということでしょうか？」

「そうだろうな。没後の経過年数で霊力が増して神にも呪いにもなる、という考えに関しては、信仰心が厚い土地以外でも広くある。彼らの『数百年前の亡霊』という言い方にもうなずける」

ジェドが、何かを思い返すような目をして、カルロの鼻の上をなでた。ふさふさの大きな尻尾が、ゆっくり揺れて室内に風を起こしている。

　なでられてうれしいのねぇ……。

　リズがそんなことを思っていると、同じ表情で見つめていたコーマックが口を開く。

「まぁ、戦闘獣である白獣は、その魔力と個体の強さで寿命も違ってくるみたいですからね。他の獣よりも、祟り説が濃厚になっても不思議ではないんです」

　だから、村人も町人も『白獣の亡霊』で納得しているのか。

　魔力を持っていて、成長の過程だって一般的な動物と違っている白獣。それは性質だけでなく寿命にも関わっている――。

　カルロはどれくらい生きているんだろう？

　ふとリズは思った。

　白獣の女王の子たちを守っていて、ずっと山奥にいたカルロ……けれど思わぬジェドの発言が聞こえて思案は吹き飛んだ。

「もしかしたら、その土地に獣騎士と同じような能力を持った者か、もしくは謎の獣の〝相棒〟か、いずれかが存存するかもしれないことからも、調査を決定した」

「えっ、〝相棒〟⁉」

　パッと視線を上げると、カルロから手を離したジェドと目が合った。

「考えてもみろ。もし白獣の亡霊だったとしたら死者が出ている。それなのに、出くわした者も軽傷だけで済んでいるだろう」

「あ、そうか……」

白獣は、獣騎士以外には絶対に懐かない。

彼らが従うのは、この地の領主であるグレイソン伯爵。そして心を許す相手は、獣騎士のみ。

もし亡霊の正体が白獣だとすると、単純に獣騎士の存在が頭に浮かぶ。けれど、亡霊がまったく別の獣である可能性もある。

「もし、今回の件に〝相棒〟が関わっているとすると――話は変わる」

何やら含みのある言い方だった。

けれどリズは、考え込んだジェドの真剣な眼差しを見て、何も聞けなくなった。

こんなに真剣に考えている彼も珍しい……そう思っていると、ジェドの目がリズとコーマックへ向いた。

「今回の村の騒ぎの件、それが白獣の亡霊であるのか正体を確かめる。もし〝相棒〟がいるとしたら、保護する」

保護……？

リズが疑問を覚えたのも束の間、ジェドは獣騎士団としての決定を告げる。

暴れている獣について調査し、解決すること。そして〝相棒〟の存在を確かめること——その二つが任務だ。

「調査は内密に進める。たしかなことがわかるまで、このことについては公には知られないよう対応していく。詳細は現地で聞くことにする」

と、そこでジェドの目線がリズに定まった。

その真剣な目に、リズはまたしてもドキリとした。見つめられる時間が増えるごとに、胸がトクトクと鼓動を速めて——。

「そこで、お前にも一役買ってもらいたい」

……ん？　私？

前回の任務で、恋人役を任命されたことがリズの脳裏をよぎった。

その勘違いは、現在も引き続きだ。まさかと思うが、それと同レベルの何かを頼まれるのだろうか？

そういうのは、もう勘弁してほしい……思わず後ずさったリズの表情で察したのか、コーマックがやわらかな苦笑を浮かべた。

「実は、そこ、リズさんの故郷であるリベルラ村の近くなんですよ」

「え……？」

　リズは、すぐに点と点が結びつかなかった。

　見つめるカルロの美しい紫色（バイオレット）の獣の瞳とよく似た、果実みたいな赤紫色（グレープガーネット）の大きな目をパチパチとする。

　コーマックは、リズが理解するのを優しく待つ。そのかたわら、ジェドが彼女の瞳に見入ってぴくりとも動かなくなる。

　気づいたカルロが、思考停止したジェドの背を尻尾でこっそり叩いた。

「――すまん、カルロ」

「え？　どうかされたんですか、団長様？」

「いや、なんでもない」

　またしてもジェドが小さく咳払いする。

　コーマックは、ため息をこらえるような表情を浮かべた。

　彼がうっかりリズに見とれたり、かまいたくてかまいたくて仕方がないと思考の全部が取られたりしてしまうのは、ここ数日、一緒の時間を過ごせていないせいだと知っていた。

　そして、執務机の引き出しに隠された両親からの手紙も、ジェドをそわそわさせている――。

「団長。まぁ、とりあえずがんばってください。僕らに飛び火する前に」

「やかましい」

珍しく、幼なじみの空気感でジェドがコーマックに言った。

リズがきょとんと小首をかしげると、ジェドがすばやく視線を返してきて、普段の強気な表情でビシリと指を突きつけた。

「つまり今回の調査、里帰りがてらの旅行、という形でリベルラ村を経由して、ベン=ドラッド村に入る。お前には、俺とコーマックの調査に同行してもらう。まずは依頼を出してきたドラッドの町に立ち寄り、そこからリベルラ村に向かい、一泊して調査のためベン=ドラッド村に入る」

「えぇぇ！」

――その日、リズは、急きょ里帰りすることが決定してしまった。

◆§◆§◆

中継地点として、リズの村に立ち寄る。

　里帰りがてらの旅行という設定を確立すべく、両親に『先輩を二人連れていく』こと、一晩過ごす旨を手紙に書いて送った。

「全然、里帰りの空気じゃない……」

　決まった出立日まで、やや支度に追われた。

「リズちゃん、がんばれ」

「俺たちも応援してるからさ」

　団長直属の幼獣の世話係〝兼〟団長の相棒獣の助手だ。時間の空きは少ないが、新たな任務のためにも死ぬ気でがんばるしかない。

　リズはトナーたち獣騎士に励まされながら、幼獣の世話といった通常業務に加え、里帰りを装った故郷への知らせもがんばった。そして数日後、両親からオーケーの返事を無事にもらった。

　その翌日、予定通り出立日を迎えた。

　カルロたちに騎獣して近くまで移動し、それから馬車に乗り換えた。

「ここからは騎獣はできない。向こうから見えるからな。軍服は、まず立ち寄るドラッドの町で着替える必要がある」

「えぇと、理解しております……」

「それから、俺たちのことは『職場の先輩』だ」

……獣騎士団で一番偉い人と、二番目に偉い人を『先輩』として紹介できるのかどうか心配だ。

座席に一人腰を下ろしたリズは、落ち着かなかった。

内密調査のための任命も不安だが、馬車内の顔ぶれも目にまぶしすぎる。

向かい側には、この農村区では見慣れない、バチッと軍服を決め込んだ大人感あふれる美男子のジェドとコーマックが座っている。

「軍服は、この先の中継地点の町で替える手はずか」

「はい。この地方に溶け込める服を用意してくれるようですが、団長、好き嫌いしないでくださいね――いたっ」

ジェドが冷気を放って、コーマックの頭をぎりぎりと押さえつけた。

団長様と副団長様が、この懐かしい土地にいる光景が慣れない……。

基本的に、獣騎士は相棒獣とは離れられない関係だ。

しかし軍服を脱いでいる間は、民間人と見分けがつかないため、プライベート時はそばに連れない規則も存在した。

軍服も、一番目の到着予定地であるドラッドの町で、地元民の普段着へと着替える予定だ。

カルロと、コーマックの相棒獣であるエリーは、人目につかないよう木々に隠れながら馬車を追っている。自然があふれたこの土地には、森も多い。

「村を出て約二ヶ月、かぁ」

リズは、目の前から視線をそらして車窓へ目を向けた。

こんなにも早い帰郷というのも変な感じだった。

別館勤務から本館勤務に変わり、獣騎士団員になってしまった。それから幼獣の世話係に任命され、カルロの教育係になって……。

思えば、いろいろと起こった濃厚な二ヶ月だった。

故郷の土地ながらの嗅ぎ慣れた空気を、久々に吸いたい気もした。任務がてらのちょっとした里帰りというのなら、悪くないのかもしれない。

うん、ほんと懐かしい故郷……って、ちょっと待った！

「うわぁぁぁっ!?　忘れてた！」

突然叫んだリズに、向かい側にいたジェドとコーマックがびくっとする。

先日、王都で恋人役の任務をやった。それが解決していなかったから、突然の里帰りに胃がキリキリとしていたのだ。

「団長様！」

「な、なんだ」

「この前の任務での『恋人設定』は、こっちの地方まで届いていませんよね？　そんなことがあったこと自体、秘密でお願いします！」

「は……？」

唐突に口止めを要求されたせいか、ジェドがぽかんとする。

「だから、冗談でも私が恋人だとか口走らないでください！」

リズは必死に『お願い』した。

あまりの焦りっぷりで、コーマックも呆気にとられていた。ややあってからジェドが「ちょっと待ってくれ」と声を出す。

「なんで秘密なんだ？」

「何がなんでも秘密です！」

リズは理由を述べる余裕もなく言いきった。

任務だったと打ち明けたとしても、ジェドの恋人役をしていたなんて知られたら……と想像して震えた。

深刻そうな彼女を見て、ジェドがハッとした。馬車は走り続けているというのに咄嗟に立ち上がり、リズに近づく。

「リズ、それはいったいどういうことだ」

「えっ？」

不意に肩を掴まれたリズは、ぐいっと顔を覗き込まれてびっくりする。

「もしかして貴族の嫁入りがだめだとか、そういう——」

話す彼の顔が、近い。

その凛々しい目は真剣そのもので、リズは心臓がバクバクした。

どうしてか、みるみる顔が熱くなってきてしまった。掴まれている肩も熱い。視線だけで鼓動が速まった。

「ち、近いです！」

リズは話もろくに聞こえないまま、ジェドの顔を思いっきり押し返した。

「うぐっ」

くぐもった声が聞こえたが、どうしてか見つめ返せない。ジェドに触っていると思ったら、ますますドキドキしてしまった。

リズは気をそらすように思わず叫んだ。

「ド、ドジな私がっ、団長様の恋人のふりをやったなんて打ち明けたら、どんな失敗をしてきたんだとみんなに卒倒されてしまうからですっ！」

　普段、村人たちが彼女に抱いている印象がわかるようだった。

　車内の会話が絶え、微妙な空気が漂った。

「……そう、か」

　珍しくぎこちなく言い、ジェドがひとまず彼女から手を離した。察したコーマック
の優しげな顔も、やや引きつり気味だった。

　それから一刻後、予定通りまずはドラッドの町に立ち寄った。

　今回のベン＝ドラッド村の被害で、調査依頼を出してきた町だ。いったん詳細を聞
きつつ着替えることになっていた。

　そこにある合同役場に向かってみると、すぐに町長が出迎えた。

「ようこそ、遠いところまで」

「いえ、近くまでは相棒獣で移動しましたから」

　握手を求められ、ジェドはしわの多い彼の手を包み込む。

「ですから気遣いは不要です。この日まで、よくぞ不安とも戦ってこられました。お
疲れさまでした。あとは、どうか我々にお任せください」

おおらかそうな町長の目が、感動に潤むのが見えた。

団長様、こんな顔もするのね……。

リズは胸を手で押さえて見守っていた。作った優しい上司面でもなく、彼が心から父親より年上の町長をねぎらっているのがわかった。

町長の執務室へと案内され、人数分のお茶が出された。

給仕をした女性事務員が出ていってすぐ、ジェドが今回の騒ぎについて詳細を尋ねると、町長が話しだした。

「ベン＝ドラッド村の山で、恐ろしい獣が出るようになったそうです。通る馬車が荷台ごと押し倒されそうになった、という報告も受けています――そして、その獣のそばには、旅人から金品を巻き上げる子供がついているようです」

「子供……」

「はい。ここ二週間は、人里内での被害も出ている状況です。その獣を目撃した者たちの話によると、かなりの大型獣で、まるで白獣が地獄から戻ってきたような恐ろしい姿をしていた、と」

呟を漏らしたジェドが、思案の眼差しを落として考え込む。

獣と子供が、セットで動いている。

リズとコーマックは、彼の後ろで視線を交わした。もしかしたら、その子供が〝相棒〟だったりするのだろうか……？

だがその『恐ろしい獣』が、本当に白獣の亡霊によるものなのかわからない。

それが事実だとしたら、ついているという子供が〝相棒〟である可能性も、ぐっと増すけれど。

「お話を、ありがとうございました」

ジェドが言って、町長との手短な会談を終えた。

続いて、二つある小部屋を借りて軍服から庶民服へ取り替える。

リズは持参してきた荷物の中から、久々に故郷でよく着ていた楽なスカートに着替えた。

窮屈さが途端になくなって、解放感に包まれる。

「こんなに、ひらひらしていたかしら」

鏡の前で確認して少し気になった。普段、獣騎士団の方では走っても大丈夫な軍服でいたせいだろう。

ジェドやコーマックと生きる世界が違うのも、よくわかった。

作りが簡単な、やわらかい生地で作られたワンピーススカート。グレインベルトの町の女の子たちの普段着に比べると、かなり質素だ。

獣騎士団の制服を脱いだ鏡の中のリズは、どこの村にでもいそうな平凡な女の子だった。

「……ううん。どうしてそこで気分が落ち込むのよ」

リズは、腰元のリボンがしっかり結ばれているかを確認した。

こっそり調査するのだ。着飾った格好なんて、このあたりではかえって悪目立ちするだけだろう。

それなのに部屋を出る際、妙に緊張して胸を押さえた。

いつも村にいた時の普段着なのに、変に見えないかしらと意識してドキドキしてしまう。

深呼吸して部屋を出てみると、着替え終わったジェドとコーマックがいた。目に飛び込んできた二人の姿に、リズは驚いてしまった。

――すごく、似合ってるわ。

普段はかしこまった軍服姿しか見ていなかったから、ラフな庶民服も似合っているのが意外だった。

地元の人たちに溶け込めるようにと、この地域の普段着を用意した町長も満足げに言う。

「よくお似合いですよ」

「ええと、そうだといいのですが……」

コーマックは自信もなく困った様子だが、たしかにリズの目から見ても、とても自然に着こなしている。

ジェドもそうだった。

今やシャツに、薄手のジャケットを羽織っている。足も長いから、やや厚手の生地のズボンだってスレンダーに着こなしてしまっていた。

ネクタイのないタイプの服が、リズの目にとても新鮮に映った。

のどかな田舎が似合う庶民服姿に見とれてしまっていると、不意に、彼の青い目がこちらを見た。

「あ。リズ――」

彼がそのまま固まった。

ぱちりと目が合った途端、リズは心臓がうるさく早鐘を打った。一瞬にして顔に熱が集まってしまって、慌てて告げる。

「お、お二人とも、とても似合ってますねっ」

リズは恥じらっていることを隠したくて、すぐに背を向けると、たまらず両手で頬を隠した。

ど、ど……どうしよう!?

生まれ育った故郷の見慣れた服を着ているだけなのに、これまで見たどんな人よりも、ジェドがハンサムに見えるのだ。

きらびやかさもない、ただの楽な感じの庶民服だ。

それなのに、この場できらきらと輝いているくらいに、ジェドがかっこいい。

どうしよう、すごくドキドキしている。

これから庶民服での調査が始まるのに、大丈夫かしらと、のぼせた頭の中でぐるぐる思った。

——だが、それはジェドの方も同じだった。

ほぼ同時に頬を染めた彼は、リズがごまかして背を向けた瞬間に、口元を手で隠してパッと顔をそむけていた。

「くそっ、かわいいじゃないか……！」

リズの庶民服姿に呻(うめ)きもだえるジェドに、コーマックがまたしても生温かい眼差しを送った。

年配の配慮で口をつぐんだ町長が、少し笑っていた。

馬車に戻っても、しばらくの間リズとジェドはぎこちなかった。

間に立たされたコーマックが、「いったい僕にどうしろと……」と座席に後頭部を押しつけていた。

◆§◆§◆

ドラッドを出て、長らく馬車に揺られていた。

そうして西日に変わった頃、リズの故郷のリベルラ村へと到着した。

畑や雑草も多く、道は砂利で整えられている程度だ。まだ外は明るいのに、もう一日の仕事が終わって片づけにとりかかっている。ゆっくりとした懐かしい空気が漂っていた。

訪問客も滅多にないものだから、馬車が到着するなり、村人たちが集まってきてリズたちは賑やかに迎えられた。

「おかえりなさい！　リズ！」

人々の前でリズを真っ先に出迎えたのは、母だった。再会一番で抱擁されて、少しだけ恥ずかしくなる。

それは二ヶ月しか離れていないのに、懐かしくてうれしくも思っているせいだ。

畑仕事で逞しい父も、母の腕の上からリズを抱きしめてくれる。

「お母さん、お父さん、ただいま」

思いが込み上げて、大切にそう言葉を告げた。

「リズは、ちょっと見ないうちに、しっかりしたんじゃないか？　目つきが大人びたというか。さすが国家勤務だなぁ」

「どこも怪我してないわね？　ああ、よかった！」

確認した父と母が、そう言って笑った後に、よく知った村人たちがどっと押し寄せてきた。

「リズ、おかえり！　手紙の話は俺らもよく聞いてるよ。なんだ、身長もちょっと伸びたんじゃないか？」

「ちょ、エディおじさん頭をぐりぐりしないでっ」

「向こうで、ドジばっか踏んで上司を困らせてないか？」

「つか、事務だったのに騎士団勤務になったとか、すげぇな！」

「リズ姉ちゃん、白獣ってふかふかなの!?」

次から次へと声をかけられて、リズは目が回った。

見つめる母は微笑んでいた。

「長期休暇までもらえるなんて、ほんといい職に就けたわねぇ。旅行がてら顔を見せにきてくれて、うれしいわ」

「はは、は……」

実は休暇じゃないんですとも言えない。

けれど、今回の極秘調査のための表向きの休暇については、話をこれ以上掘り下げる必要もなさそうで内心ほっとしていた。

両親や村の人たちが今一番気にしていることは、連れてきた『先輩』の存在だ。

生きる世界が違っているのを肌で感じ取っているのか、質問もできず、ちらちらとジェドとコーマックの方を見ていた。

「えっと……その、こちらが手紙に書いた、せ、先輩の獣騎士たちです」

リズは、嘘をつくのが大変苦しくて言葉が詰まりそうになった。先輩、という言葉で作り笑顔も崩壊気味である。

獣騎士団のトップ二人を、先輩呼ばわりとか無理がある！

ドＳ上司が猫かぶりでにこにこしているのも、まるで『失敗したらすまきにする』

と脅されているようにも感じてしまう。

リズが緊張していると、両親たちが「はぁ」と気の抜けた声を漏らした。

「そうなのね、リズの職場の先輩……」

「しっかし驚いた。獣騎士って初めて見たけど、どっちも軍人っぽさがないというか、えらい美男だなぁ」

「なんだろう。こう、品があるというか」

リズの先輩であるとは紹介されたものの、村人たちは、若いジェドとコーマックが平の獣騎士と思えず戸惑う空気を漂わせる。

するとジェドが早速動き出した。

コーマックが止めるよりも早く、彼がリズの前に出て母の手を取った。

「はじめまして、お母様。リズの先輩のジェドと申します。彼女は久しぶりの新人団員で、入団時からとても素晴らしい働きをしていますよ」

「ま、まぁまぁ、それはよかったですわ」

挨拶された母が、慣れない作法に戸惑いつつも、美しい顔で微笑みかけられてまんざらでもなさそうに応えた。

いや、なんで私のお母さんを母呼ばわりしているの？

リズは首をひねった。続いてジェドは、父とも熱く握手を交わした。

「お初にお目にかかります、娘さんからお話はかねがね聞いています。彼女は、とてもご両親思いですね」

「君、わかってくれるのか！」

たった一言でころっと落ちた父が、ジェドの手を強く握り返す。

「そうなんだよ、リズは昔っから優しい子でねぇ。よく転んだりするのに、幼い頃からおつかいもがんばってくれていたんだ」

温かく見守る目を、父が不意に潤ませた。

「ずっと小さいままだと思っていたのに、娘というのは、いつの間にか巣立つものだね。寂しくなって帰ってくるかもしれないと思っていたら、手紙には『がんばる』と、いつもひたむきな言葉が書かれていて」

「あなた、またそれ？」

母が、意外と涙もろい父の逞しい腕を叩く。近くにいた村の男たちも、またかよと親しげな野次を飛ばした。

ジェドとコーマックが目配せし合う。こういった田舎地方の空気感や、地元民たちの人柄が、二人には新鮮だったようだ。

「まさか獣騎士団員になって、しかも王都でも活躍したと聞いて驚いたよ」

父に見つめられたリズは、不意に胸が熱くなって手を置いた。

「お父さん……」

「リズ、この人ったら最初寂しがっていたのよ。そうしたらね、手紙で『獣騎士団に異動になりました』ときて、それどころじゃなくなって」

ちょっと面倒な感じになった父を、母が後ろへと下がらせて述べる。

「もう村中みんなで大騒ぎだったんだから。ほんと、あなたったら、いつも私たちを驚かせる子よねぇ」

「うっ、ごめんなさい……」

「いいえ、いいのよ。リズらしいって結論になったから。新聞で唯一の女性の獣騎士団員と書かれていて、すぐにピンときたのよ」

「我が村の大出世だよな！」

「ところで、もう一人の先輩さんのお名前は？」

ジェドと打ち解けた父の会話をきっかけに緊張が和らいだのか、母のそばから近所のおじさんが首を伸ばして尋ねた。

「あ、僕はコーマックと言います」

「あんたも身長が高いなぁ。やっぱ戦闘獣が大きいから、騎士も大きいのか？」

「いえ、そういう決まりはないですよ」

みんなから注目を浴びたコーマックが、困ったようにたじろぐ。

彼は嘘がつけないタイプなのだ。リズは二番目の優しい上司を助けるべく、ごっきゅんと唾をのみ込んだ。

――よし、ここから私の〝仕事〟だ。

緊張で喉が渇いたが、リズは決意を固めて母に声をかけた。

「お母さん、手紙でも伝えたんだけど、仕事で仲よくなった先輩たちに、田舎の観光を頼まれたの」

「そうだったわね。どちらも都会の人っぽいものねぇ」

「あ。うん、そうね。それで、えっと、ここでは一泊だけして、そのまま向こうへ行こうかと思っているの」

リズは、ぎこちない演技で指差した。

「私も知らなかったんだけど、大きい山もあるんだってね。町もあって、それに小さなベン＝ドラッド村もあるとか」

村の名前を出した時、不自然になっていないだろうかと緊張した。

「ほら、私もあのあたりまでは行ったことがなかったから」

焦って言葉を続けたら、母がため息を漏らして頬に手を当てた。

「そんなの当然じゃない。あんた一人行かせたら、帰ってこられなくなるかもしれないじゃないの。大きな穴に落ちたり、木の実が落ちてきて失神したりしたら、そこを通る獣に食べられてしまうわよ？」

「……えっと……うん。そう、だね」

父と揃って周りの村人たちも、途端に母と同じようなことを言い始めて、リズは黙り込んだ。

ジェドとコーマックが、そんなに不運なのかという目で彼女を見る。

「でも、あの村の方へ行くんだったら気をつけなよ」

ふと、そんな声が村人の中から上がった。

目を向けてみると、作業用エプロンを着た近所のおばさんがいた。

「それは、どういうことですか？」

目ざとくジェドが尋ねた。

「タイミング的にね、ちょっと避けた方がいいかもしれないと思って」

「そうねぇ。ジュリーの言う通りかも。まぁ獣騎士の殿方たちがいるんなら、安心ではあるけれど」

母も、少し心配そうだ。

「何かあったの？」

「よくは知らないけど、近隣の村々へって知らせがあったのよ。害獣被害が多発していて、道中の恐喝にも注意しなさいって」

「このへんは治安もよかったのに、物騒な話だよなぁ」

うんうんと父たちも相づちを打った。

どうやら騒ぎの詳細までは来ていないらしい。恐喝というのは、山中や麓などで起こっている金品強奪事件のことだろう。

「例の子供、ですかね……？」

リズは、こそっとコーマックに尋ねた。

「そうかもしれません。ですが害獣被害とそれが、実際のところセットの案件なのかどうかは」

その時、ジェドに腕でつつかれてコーマックが黙った。

母たちの目がこちらを向いた。リズがドキッとして口を閉じると、優しく微笑みかけられた。

「今日は一晩いてくれるんでしょう？　なら、早速まずは荷物を置きに行きましょ。久々にあなたから話を聞きたいし、あなたにも故郷の料理をしっかり食べていってもらいたいのよ」

「リズの部屋のベッドも、母さんがきちんと綺麗にしてくれているんだよ」

父がうれしそうに言った。

小さな家の二階、両親の寝所の向かいにリズの部屋はあった。彼女はその光景を思い出して、ようやく里帰りの実感を得られたのだった。

日が暮れてしまう前に、夕食会が開かれることになった。

リベルラ村も、他の村々と同じく夜の訪れが早い。暖かい今の季節であっても、午後八時までには消灯した。

両親たちは、リズたちの到着に合わせて食事会の準備を進めてくれていたようだ。

荷物を置いたのち、みんなが村の集会所へ集まったところで、来客の歓迎と共に賑やかな食事が始まった。

ジェドとコーマックが、リズの先輩ということもあって村人たちの好感もすごかった。面倒を見てくれている方々であると感謝し、一緒に訪問してきてくれたことを大歓迎した。

しかも国が誇る獣騎士団の所属だ。村の男たちはやたら褒めたたえ、ジェドとコーマックは子供たちにまで大人気だった。

「あいぼうじゅうって、ずっと一緒ってほんとう⁉」

「本当だよ」

村の子供に、ぐいぐい裾を引っ張られてもジェドは笑顔だ。

「どこか近くにいるの？」

「いるよ。少し離れた所で休んでいると思う。人には近づかない」

「ご飯、大丈夫なの？」

「さっきの分で大丈夫だ。リズお姉さんとコーマックお兄さんが、持っていっていただろう？」

ジェドは、食事に集中できず走り回る子供たちに質問されるたび、きらきらと笑みを向けて答えていた。

リズとコーマックは、ジェドの『お姉さん』『お兄さん』呼びに異和感がありすぎて、耳にするごとにぶるっとした。

ドS上司なだけに、怖くてちょっとそちらを見られない。

「でも、カルロとあまり一緒にいられないのは、残念だな……」

久々の母の料理を堪能しながら、リズは土に【うまい】と字を彫っていたカルロを思い出す。

ちょうど狩りをした肉があったからと、分けてもらえたのだ。

けれどブラッシングをしてあげる時間だってなかった。

「もう少し、してあげられることがあったんじゃないかしら」

「リズさんは、十分世話だってしてあげられていますよ。エリーも喜んでいました」

呟いた矢先、応える声が聞こえて目を向けた。

「僕らも助かりました。相棒獣と一緒に滞在できるようにと、村で一番の大きな下宿屋を丸々提供してもらえるとは、思ってもみなくって」

村人からようやく解放されたコーマックが、料理ののった皿を手に自分たちのテーブルに戻ってきて、リズの隣に腰を下ろした。

「え？　ああ、手紙でお二人を連れていくことを書いたら、エディおじさんが村長に相談して、皆さんで話し合ってくれたみたいです」

獣騎士と相棒獣は、常に一緒にある。

それは誰もが知っている有名な話だった。実際に獣騎士を見られるとあって、村長も張りきって楽しみにしていたらしい。たっぷり話もできたことに満足して、今は向こうで食事をしている。

「そういえば、エディおじさんというのは？」

「ああ、私の近所に住んでいるお父さんの友達で、幼なじみの――」

父親でもあるんですと紹介しようとしたリズは、がしりと肩を掴まれて短い悲鳴を上げた。振り返ると、そこには当の本人がいた。

「なんでここにいるのよ、エディおじさん！」

「ぶわっははは！　また驚いたな、リズは一向に慣れないんだなぁ」

「おじさんが、やたら力を込めてくるせいです！」

リズは、頬を膨らませてエディを睨み返した。隣からコーマックが、やわらかな苦笑を向ける。

「あなたは、リズさんのことを父の友人の娘というより、一人の娘みたいに大切に見守っているわけですね」

「おうよ。村の子供たちは、みんな俺らの子、ってね」

ウインクを決めたエディが、ふむふむと顎の無精ひげをなでて、しげしげとコーマックを眺めた。

「それにしても、品があるなぁ。リズと並ぶと余計に差が見えるわ」

「それ、どういう意味よ？」

「エディの言うこと、わかる気がするな」

椅子の背もたれに腕をかけて振り返った村人が、エディのそばから声を投げてきた。

「まるで貴族様みたいだよな。とくにジェドさんなんて、全然庶民ぽくない輝きが半端ないし」

リズは、それを耳にして「ごほっ」とむせた。コーマックが慌ててその背をなで、エディが水の入ったコップを渡した。

「ははは、そうですか」

当のジェドは、輝いているという感想が悪くなかったらしい。仕事時のきらきらとした、いい上司笑顔で対応していた。

それを盗み見て、コーマックがキリキリした胃を服の上から押さえた。

村人の注目が、また少しジェドの方に集まった。

「なぁジェドさん、よく言われたりしないかい？」

「あんた、めっちゃモテるだろう」

「いやいや、こっちのコーマックさんだって負けてないぜ。うちの女房も向こうでもじもじしてるし、いてっ」

「エディ！　あんたは黙ってな！」

逞しい妻が、夫エディに向けてしゃもじを放った。

近くに座っていたリズの両親が、揃って笑った。だが次の料理に手を伸ばした父が、ふっと視線を移動させ、ジェドとコーマックを見つめる。

「そういえば、ジェドさんとコーマックさんは、二人でリズを取り合っていたりするのかね？」

リズはあんぐりとした。直後、後ろで誰かが盛大にむせた。

「ごほっ！　げっほゴホッ」

やたら激しく咳き込む声につられて、他の人たちと一緒になって目線を後ろへ向けると、ある幼なじみの姿があった。

それは父親の家業を継いで村に残った、エディの息子、ディックだった。

視線を一挙に集めた彼が、テーブル席から勢いよく立ち上がった。リズたちへぱっと向けてきた顔は、なぜだか少し赤い。

「なっ、まさか、あのおっちょこちょいの不運なリズだぞ⁉　色気もないしガキだし！　全っ然つり合わねぇよ！」

彼の口から、思いっきり言い放たれた文句が会場内に響き渡った。

久しぶりの顔合わせだというのに、またしても喧嘩を売られたのだ。リズはカチーンときて、若干涙目ながら反論する。

「ディックったら、ひどい！　私が全然だめだめみたいに言わなくったっていいじゃないっ」

「だ、だって本当のことだし！」

正面からバチッと視線が合ったディックが、若干視線を泳がせた。

「私の方が一歳年上だもん！」

「うわっ、ならそうやって詰めてくるのやめろよっ、女の子なんだろ!?　ぶ、ブスな顔近づけられてメーワクなの！」

「仕方ないじゃない生まれつきの顔なのっ、この馬鹿あああ！」

リズは、子供っぽい言い合いをコーマックとジェドに見られていることに、無性に恥ずかしくなってきて泣きそうになった。

途端にディックが「うっ」と一歩後退する。

「お、お前、昔っから涙腺弱いじゃん。その、な、泣くなよ?　泣かれたら俺が悪者みたいになるだろ――いてっ」

「悪口言うディックが悪いわよ！」

「リズ姉にばっかり意地悪してっ」

「姉さんたちの代わりに成敗してあげるんだから！」

向こうのテーブルにいた年下の女の子たちが、ディックにチキンの骨やらを投げ始めた。品がないぞと大人たちが慌てて止めに入る。

リズの両親が、楽しげに笑った。

「私は、どっちに嫁いでも文句なしだけどねぇ」

「そうだな。あのリズがいい家に嫁いでくれたら、安心だ」

「たしかに！」

父の言葉を聞いた途端、村人たちがドッと笑顔に沸いた。

それを耳にして、リズは恥ずかしさが増した。

団長で、領主だ。自分なんかが嫁入りできるはずないじゃない。そう思って恥じらいから静々と着席する。

「リズ、少しいいか？」

ふと、ジェドにこっそり声をかけられた。

視線を返した途端、目を覗き込まれてドキドキした。

「は、はい。なんですか？」

「さっき話していた彼は？　リズにとってなんだ？」

なぜか、ジェドの眼差しは真剣だった。心の奥まで見透かされるような強い目に鼓動が速まる。

さっきまで作り笑顔だったのに、どうしたんだろう？

「えっと、近所に住んでいる幼なじみの、ディックです」

「幼なじみ？　本当にそれだけ？」

「え。あ、はい。そうですけど……」

「ふうん」

思案顔のジェドが、視線を離していってホッとする。

その時だった。彼が、ふっとディックへ顔を向けたのが見えて、リズは「え？」と声が漏れた。

ジェドの口の端は引き上がっている。

いったい何をするつもりだろうと思った時、彼がこう言い放った。

「ディック君、だっけ？　君は子供だのなんだのと言っていたが、リズはもう十七歳で、とても魅力的な女性だと思うがね」

「げほっ、ごほ！」

　またディックが咳き込んだ。

　さらりと口にしたジェドは、大人の笑みを浮かべていた。悠々と見つめられた彼の頬が、じわじわと赤らむ。

「み、魅力的って！」

「褒めただけだぞ、どうしてお前が恥ずかしがっているんだ」

　言葉を詰まらせたディックを前に、くすりとジェドが余裕たっぷりに笑う。口元に指をあてたさりげない仕草も美しい。

　コーマックが、額に手をあててうなだれていた。

　リズは『魅力的』発言に、ゆっくり体温が上がっていく。

「リズの髪も、日差しに透けて美しい春色だ。果実みたいにみずみずしい目も、純心さを映し出しているみたいじゃないか」

　まるで睦言みたいに甘い台詞だった。

　続けてそう説かれたディックが、もう耳まで真っ赤になってうつむく。

　貴族だから、異性への社交辞令なんてお手のものなのだろう。前回の任務で、さんざん聞かされてきたからわかっている。でも……。

やっぱりリズは免疫がないのだ。しかも、それをジェドが言っているかと思ったら、どうしてか余計に赤面してしまった。

するとﾞ、彼がこちらを見てくすくす笑った。

「ほら、照れた顔だってすごく魅力的だ」

「だっ――先輩！」

リズは、猛烈に恥ずかしくなって思わず叫んだ。

これ以上はやめてほしい。ジェドにとっては時間つぶしにもなる貴族的な道楽の一つなのかもしれないけれど、本気にしてしまいそうだ。

なのに彼は、頬杖をついてリズに甘く優雅に微笑んでくる。

「リズの口から『先輩』と言われるのも、悪くないな」

「そ、それは、今は。だって」

「でも、できれば名前で呼んでくれてもいいのにな。呼んでみないか？　ジェドって」

「よ、呼びませんっ」

また意地悪されているのだろう。にこっと微笑みかけられたリズは、赤面顔で頬を膨らませると、ぷいっとそっぽを向いた。

周りで見ていた村人たちが、これはこれはといった様子で、めでたい空気を漂わせた。エディもニヤニヤしてつぶやく。

「なるほど、本命はジェドさんなわけね」

そんな中、彼の息子ディックが、場の片隅で年下の女の子たちに完敗したことを慰められる、という事態になっていた。

「まったく、大人げない……」

コーマックは、かわいそうなディックを前にため息を落とした。ジェドは知らぬふりで上機嫌だ。

「この前、またリズに一本取られたからな。名誉挽回だ」

「それはあなたが勝手に見とれたりしていただけでしょうに——いたっ」

最近、彼の恋問題で精神的疲労がたたっていたコーマックは、つい正直に指摘してしまい、ジェドが目も向けず頭を押さえつけた。

日が暮れた頃に、賑やかだった食事会も終わった。

早々に会場の片づけをしたのち、それぞれ就寝に移るべく解散となった。リズは両親と、久しぶりに自分の家へと向かった。

二階にあった彼女の部屋は換気もされ、埃一つなく綺麗に整えられていた。

ベッドに寝転がった途端、懐かしいお日様の匂いに包まれた。

たぶん、戻ってくるリズのために、母がシーツもすべて干してくれていたのだろう。

「ありがたいわ……」

故郷の風の匂いも含んでいた。

でも辺りの静けさに、寂しくなった。

ジェドとコーマックは、下宿屋のクライアットの店を丸々借りられることになっていた。旅商人用の馬小屋もありますから、相棒獣もどうぞ、と親切にも宿泊先として申し出てくれたのだ。

村のみんなで話し合って、先に決めてくれていたことだった。

でもそれは、クライアットの下宿屋が村の端にあったのも理由だ。

――相棒獣は、自分たちにとってとても危険な存在。

村人たちの認識は、そう一致していた。相棒獣は、相棒騎士のそばから離れることがない。だからジェドたちごと集落からできるだけ遠い場所に宿泊させ、村人から引き離したのだ――と、後になってリズは気づいた。

村の女の子たちも、それをわかって二人には近寄らなかったのだ。

『もし急に戦闘獣が現われたりしたら、危ないでしょう?』

獣騎士になじみがない村では、そう教えられるのも無理はない。

リズだって、就職するまでぼんやりとした知識しかなかった。教育係や相棒騎士がいれば、街中を共に歩くことだって可能なのに。

「そっか……ここでは、カルロが一緒じゃだめなのね」

リズはシーツをぎゅっと握った。

『――騎獣している方が、白獣が〝完全制御〟されていると安心される』

今になって、王都に初めて降り立った時の、ジェドの言葉の意味が実感できた気がした。

人々にとって白獣は、守ってくれる戦闘獣であると同時に、〝とても獰猛で恐ろしい、危険な肉食獣〟なのだろう。

「……団長様の別邸では、カルロとずっと一緒にいられたのにな」

そして獣騎士団でも、敷地内に寮があるからすぐ会えた。

なのに、今は、とても遠い。

「寂しい、な」

ぽつりと声に出して、リズは自分の気持ちに気づいた。

王都に滞在した際の任務では、手を伸ばせば触れられて、尻尾で応えてもらえる距離だったのに。背中も、手も、すごく寒いのだ。

「…………団長様も、いないし……」

リズは枕に顔を押しあてた。一人、寂しさに胸が締めつけられている中で眠りに落ちた。

二章　秘密の調査です

翌朝、リズたちは両親や村人たちに見送られて、乗ってきた馬車に再び乗車して村を後にした。

午前中いっぱいかかって、ベン＝ドラッド村の近くまで来た。

目的地のその村まで、徒歩一時間もかからない場所でいったん下車した。

荷物と共に馬車を先に村へ向かわせたのち、リズたちは道中の様子を確認しながら歩いて向かう。

木々や雑草に囲まれた道は、他に人の気配はなかった。

リズたちのそばを、歩みを合わせてカルロと、コーマックの相棒獣エリーも進む。

「……ねぇカルロ。さすがに腕が疲れてきたんだけど」

しばらく経った頃、リズは困った声を上げた。

歩くカルロに頭を寄せられて、もふもふの首に押され気味だった。歩き始めてからずっと、その首を押し返すように手でなで続けている。

「ふん！」

「何を怒っているの？」

「いや、怒っているのではなく」

ジェドが言いかけた時、カルロがリズを彼の方へぐいーっと押した。

やや傾いた彼女の体を、ジェドが肩を抱いて支えた。その手から温もりが伝わってきて、リズは途端に慌てる。

「ちょっと、カルロったら」

「カルロ、よくやった」

ジェドが、真面目な顔をしてそう言った。直前に言いかけた言葉も忘れたかのような彼に、カルロが得意気に鼻から息を吐く。

「だ、団長様」

「ああ、いや、言い間違えだ。カルロの気が済むまで、なでてあげればいいじゃないか。俺が支えていてあげるから」

「いったいどんな言い間違えなんですか⁉」

言い返すリズのそばで、普段幼獣の世話をしている彼女を独り占めできて、カルロはぶんぶん尻尾を振っていた。

その姿を、コーマックとエリーが「うわぁ……」と見ていた。

「どっちも性格が似ているというか、なんというか……」

コーマックのつぶやく声は、流れていった風の音に消えていく。

リズは疲れつつも、手がもふもふに埋もれて幸せだった。昨日あまり触れられなかったぶんもあって、ついつい顔の横を押しあててしまう。

「今日も、ふわふわでもふもふしてるわねぇ」

ジェドの父にもらった専用のブラッシング道具は素晴らしくて、携帯用でさえこんなにも仕上がりがいい。

思わずリズの笑顔もとろけた。

その隣でジェドが、赤くなった顔の下を手で隠して目をそらした。

カルロが、美しい紫色（バイオレット）の目をリズへと向ける。それから――ぐいーっと大きな顔でリズの頬にすりすりとした。

「カルロは、すっかりリズさんが好きなんですね」

コーマックは温かい苦笑を漏らした。あの暴れ白獣が、とんだ変わりようだ。

しばらくそばから離した場合、相棒獣は再会した相棒騎士にくっついてくることがある。でも大抵相棒騎士にする反応なので、珍しいという。

「そうなんですね」

リズは、手をもふもふ動かしながら上の空で相づちを打った。

こうして相棒獣をしばらく一緒に歩かせる理由について、コーマックが語り終わった時、ハタと思い出してカルロを見る。

「カルロ、団長様の隣じゃなくてよかったの？」

「リズさん、僕の台詞、もふもふしてあまり聞いていませんでしたね……」

「まぁ、いいんじゃないか？」

ジェドが、口元にちらりと笑みを浮かべた。

その時だった。身を寄せるカルロの長くて優雅な尻尾が、応えるようにリズとジェドを包み込んだ。

「なるほど。こうすれば、隣、みたいなものだな」

くくっとジェドが笑いをこぼした。肩を支えられているリズは、余すところなく温かくなって少し恥ずかしくなる。

昨夜、眠りについた際の寂しさなんて、完全に忘れていた。

「団長様、あの、そろそろ離してください」

「カルロが押しつけてくるんだ。俺が離したら、リズは倒れてしまうぞ」

「そんなことは……ないような、あるような……」

それでもリズは、カルロを愛情深くなで続けている。

後ろから見ると、相棒獣が認めた獣騎士とその伴侶だ。コーマックは、エリーとちらりと目を合わせて小さく笑った。

獣道は蛇行を繰り返しながら、細く長く続いていた。

やがて少しだけ風景が変わるものの、荒らされたような形跡はない。

「このあたりには、来ていないんですかね?」

リズは、大きな獣の痕跡がないのを見て言った。満足したカルロが、ぱたぱたと少し小走りで先まで進んだ彼女についていく。

ふむ、とジェドが思案しながら顎に手をやった。

「人里以外は広範囲で移動している印象だが、たしか被害が出始めたのは、一ヶ月と少し前。ちょうど、お前が本館で働きだしていた時期か」

「そうすると害獣被害の噂も、リズさんが村を出てしばらくした後に、ちょくちょく届き始めたということですかね」

続いてコーマックに視線をよこされ、リズは曖昧にうなずく。

「両親が近況を書いてくれる手紙にも、書かれていませんでしたから……」

「そうすると、もしかしたらベン=ドラッド村内にまで被害が出るまでは、リズさんのリベルラ村には知らされていなかった可能性もありますね」

「山を越えた向こうですから、もしかしたらそうかもしれません」

するとジェドが、口を挟んでくる。

「その獣が説明しづらいモノだったからこそ、警告の内容に関しても考えあぐねた可能性もある」

たしかに、その通りだと思えた。

先日、ドラッドの町長に話を聞いた。その中で、彼が口にしていた目撃された謎の大型獣の姿も気になっていた。

――その特徴は〝どの獣とも一致しないモノだった〟とのことだ。

「だから『亡霊としてよみがえった』という説が濃厚になった、と……いったいどういうことなんでしょうか？」

ずっと考え続けているけれど、やっぱりわからないことだ。リズは、つい疑問を口にしてカルロの方を見る。

謎の獣の大きさは、国内で最大の戦闘獣である白獣に匹敵するという。

けれど目撃した姿からすると、そうとは言いきれないのだとか。

「さぁな。俺も想像がつかん」

ジェドも悩み込み、しかめ面を見せた。

「町長は『白獣が亡霊としてよみがえったような恐ろしい獣の姿』とおっしゃっていましたが、曖昧ではありますよね」

コーマックも、思い返しているような表情で考え込む。

地獄からよみがえったような恐ろしい姿、と言われてもピンとこない。リズたちがよく知る白獣は、まるで逆の印象だから――。

その時、思案していたリズは、不意に短い悲鳴を上げた。

「うわっ、嘘……！」

たった一つの小さな凸凹に、足がつんっと引っかかった。

また何もないところでこけるのかと覚悟した直後、逞しい腕に支えられる。耳元に安堵とあきれ交じりの吐息が触れて、ドキリとした。

「まったく、お前という奴は」

気づくとリズは、ジェドに抱き留められていた。

覗き込んできた彼のラフな私服の襟元が、少しこちらに落ちてきてドキドキする。

見つめ合っていると、ジェドが軽く口角を引き上げた。

「これではますます目が離せないな」

「あぅっ。その……すみません」

リズは、途端にしゅんと反省して謝った。

地元だから役に立とうと思っていた矢先の失敗だ。上司に手間をかけた。きっと、あきれられているに違いない。

「団長様、ほんとすみませんでした。次は気をつけます」

そっと手をほどかれたリズは、しくしく泣きながら言った。

そんな彼女の後ろで、コーマックが幽霊でも見たような顔で足を止めている。

「リズさん。それ、あなたが思っている意味とは違う〝目が離せない〟だと思いますよ……団長、めっちゃ速かった」

コーマックは思わず言葉を続けた。

しかし、そんな彼のつぶやきはリズに届いていない。エリーが励ますようにコーマックへ頭を擦り寄せた。

◆§◆§◆

そろそろベン＝ドラッド村だ。

コーマックとジェドの指示で、いったんカルロとエリーが離れた。森陰に隠れながら移動する彼らと別れて、リズたち三人は開けた人里へと進む。

そこは、標高の低い山々に囲まれた場所だった。

リズのいた村よりも人口が多く、活気にあふれていた。幅広い種類の商売も繁盛していて、地酒や織物などの加工店もたくさんある印象だ。

「小さい村だと聞いていたので、意外と都会寄りで驚きです」

「ドラッドによって町単位の全面支援を受けていますから、ここが要の商業拠点の場所になっているのかもしれません」

「つまり、ドラッドの公認取引店も置かれている……？　だから人の出入りも、多く見られるんですね」

「はい。他の村や町からの卸契約を取って、中継地点として活用されている非販売用の商業店もあると思いますよ。ここから奥へ行けば、ベン＝ドラッド村の昔ながらの農村風景が広がっているんです」

あらかじめ資料で情報を得ていたコーマックが、そう言ってから、遠くに見える山を指差した。

「あの山、見えますか？　恐らくはあそこが被害の多い場所です」

「その向こうの町へ抜けるルートとして、よく使われているらしい」

ジェドが、周りを眺めながら口を挟んだ。

「そこを行き来する旅商人も多いというから、困るのも無理はない」

たしかに、商売が盛んな場所だとすると、普段から外の商人たちも行き来しているのだろう。

このベン＝ドラッド村の人たちの生活にも、大きく関わる必要な道だ。以前のように安心して使えるよう、早めにみんなの不安を解決してあげたい。

そう思った時、リズは、不意に人混みの方へ目が吸い寄せられた。

「あれ？　あの子、なんか――」

彼女の赤紫色（グレープガーネット）の瞳が、行き交う人々の中に、華奢な少年のざんばらの灰色（アッシュ）の髪を映した。

ちらりと見えた横顔は、リズよりもあきらかに年下だった。

遠目なので、よくは見えない。でも、彼だけ周りの風景と色彩が違っているというか、なんだか目を引く不思議なモノを感じた。

「リズさん、どうかしましたか？」

じっと見つめてしまっていると、ふとコーマックの声が聞こえて我に返った。

「いえ。あの灰色(アッシュ)の髪の子、なんか目を引くなって……」

「誰か知り合いに似ているんですか？」

「いいえ。そういうんじゃないんですけど」

なんとなくの感覚だったので、説明しがたい。そうしている間にも、少年の姿は人混みに紛れて見えなくなってしまった。

線の細い、目鼻立ちの整った少年だったように思えた。

それなのに、着ている服は古着の軽装で――。

その時、人混みに流されそうになったリズの手を、ジェドが取った。さりげなく自分の方へと引き寄せてかばう。

「これから村長の家へ行く」

腰を抱かれて、さぁと促されリズはどきまぎした。以前、恋人役でエスコートされた経験があったせいで叫び声を上げずに済んだ。

「えっと、役場ではなく？」

緊張しながらも平静を装って言うと、ジェドにあきれた目をよこされた。

「秘密の調査だと言っただろう。村長と一部の村人以外は、俺たちがドラッドの町から依頼されたことを知らない」

「あ……」

リズは、遅れて気づく。

亡霊とやらの正体が、白獣に関わるものだと判断できて初めて、現地に獣騎士団を送り込める。そういう話だった。

「僕たちが役場に行って、堂々と『依頼を受けた獣騎士団です』と名乗るわけにもいきませんから」

ついてくるコーマックが、優しく補足した。たしかにその通りだと思って、リズは忘れないよう気を引き締めた。

手紙に添えてあった小さな地図を片手に、村長の自宅に向かった。

到着して扉をノックしてすぐ、小さな老人が出てきて目を見開いた。

「紺色の髪に、青い目……まさか、本当にグレイソン伯爵様なのですか？」

「そうです。あなたが村長のカシム・エルダー？」

「はい。その通りです。ああ、グレインベルトの領主様で、獣騎士団長様でもあらせられるあなた様に、本当にじきじきに来ていただけるとは」

村長のカシムは、感激した様子でジェドの握手に両手で応えた。

早速家の中へ案内され、一番近くにあったリビングに通された。

ジェドたちの来訪の予定に合わせて、家族には用事を頼んで外に出てもらったらしい。カシムの足腰を気遣って、リズが代わりに茶を用意した。

「客人に淹れてもらって申し訳ない。でも、ありがとう、助かりました。とても素敵な娘さんだ」

「いえ。これくらい、いつでも大丈夫ですから」

リズは、村で暮らしていた頃を思って微笑み返した。

カシムが座っている向かいのソファにジェドを座らせて、リズとコーマックは近くにあった椅子を拝借した。

「今のところ、人里にまで被害が及んでいないのは、ありがたいところです」

茶で少し喉を潤してから、カシムは切り出した。

「調査によって獣騎士団を入れる必要があるかどうか、その判断がつくまでは極秘で進めていただきたい、とお願いして申し訳ございませんでした。戦闘獣の投入で、村を混乱させたくなかったというのも本音です」

「そうでしょうね。現在、村の方々は『とても大きな謎の獣』にもぴりぴりしているでしょうから」

「はい……。そして何より〝敵〟に動きを知られてしまうと、調査に支障が出てしまうかもしれないと考えたのです。少しでも早く解決したい」
〝敵〟という言葉に、ジェドが小さく反応する。
「それは、あなたが獣の被害の件について、人間の指示によるものでもある、という
ふうに考えていると受け取っても？」
「はい。獣の目撃情報が初めて出た後、金品をたびたび奪っていく子供が現われまし
た。それから獣と子供の出現が、セットになったのです」
セットになった、と告げたカシムの声は真剣そのものだった。信じがたいがそうな
のだと、彼が心から伝えてきているのがわかった。
「それ以来、ずっと一緒に目撃されている、と？」
ジェドが、探るような目でカシムを見つめ返した。慎重なその問いかけに、彼は
しっかりとうなずく。
「金品強奪事件に関しては、子供が獣と一緒になって旅人から脅し取っています。
我々は、その子供が獣を操っているのではないか、と推測しています」
大型で凶暴な獣を操る子供。
恐ろしい獣の正体が、本当にこの世によみがえった白獣だとすると、その子供が
〝相棒〟である可能性も高くなる。

反射的に、リズとコーマックの背筋が伸びる。

見守っていると、ジェドが少し考えるように顎に手をあてた。

「その獣が、白獣に関わっているのかどうか、早急に知りたいですね」

やがてジェドが考えを口にした。その言葉は、カシムに言い聞かせるというより、リズとコーマックに調査の優先順位を共有していた。

「我々もそう思っているところです。もしアレが白獣が乗り移った獣だとすると……いずれ死者が出てしまう」

「あなたは、実際の白獣の姿もご存じのようだ。何か他に心あたりは？」

ぶるりと震えたカシムは、ジェドの問いかけに首を小さく振った。

「遠目から一度見かけましたが、かなり大きな獣でした。ですが異様で、これまで見てきたどの獣とも違う、としか……」

苦悶の吐息を漏らして、カシムが組んだ手に額を押しつける。

「獣だけが相手であればよかったのですが、そこに人間がついているとなると知恵もありますでしょう。だから私は、怖い」

「カシム村長……」

「この村は、他の村や町からの商人の行き来が多いのです。もしものことが起こってしまったら、彼らを送り出した村や町の家族も、友人も、きっと激しく胸を痛めるでしょう……」

呻くような声が、そこで途切れる。

村人と来訪者の身を心から案じているのだ。コーマックが立ち上がり、きつく握られたカシムの手をそっと開いた。

「だから我々に、『まずは内密に調べてほしい』と依頼したわけですね？」

「左様です。獣騎士団が入ったとあれば、敵も警戒して姿を見せなくなる可能性もあるでしょうから」

そうされると、ジェドたちの調査が進まないことになる。

少しでも早く解決したい。そう願うカシムが、コーマックに勇気づけられたように言葉を続けた。

「村内の実被害は、村の端にある農機具の倉庫と蔵、合わせて三件です。家畜の被害はまだ出ていませんが、出くわした者の中で軽傷者が数名おります」

声色には憂う様子が滲んでいた。

「山の中にとどまらなくなったように感じ、ドラッドの町が手紙にかかる料金なども全額負担してくれて、このたび早急な依頼が叶いました」

そこで、カシムが膝の上で指を揃えて、あまり曲がらなくなった腰を折ってゆっくりと頭を下げた。

「獣騎士団の方々であれば、あれが戦闘獣であったモノなのか否かがわかるかと思いまして。――どうかよろしくお願いいたします」

その現場の場所を、カシムは紙にまとめてくれていた。ありがたく資料を受け取り、リズたちはカシムの家を後にした。

◆§◆§◆

まずは謎の獣の情報を集めるべく、その被害現場を見てみることにした。

村長の家から、真っすぐ北北西へと向かうと、一時間もしないうちに三番目に被害を受けた農機具の倉庫が見えてきた。

そこは例の低い山の近くだった。

だだっ広い畑、そこに面して家屋と倉庫が一つずつ建てられていた。その平屋状の倉庫が破損し、鉄屋根の一部まで曲がってしまっていた。

「何、これ……」

近づいて確認してみて驚く。正面にある両開きの倉庫の扉も破壊され、壁にも亀裂が入っていた。

高い屋根の損害は、まるで巨大な落石でも受けたみたいだ。

しかし、見渡しても山の傾斜は遠くにある。

相手が大きな獣と想定すると、力任せに〝殴られた〟か〝飛び乗られた〟感じも受けた。

「一般的な白獣に比べると、歯型がデカいな」

引っかかってぶらさがっている、ひしゃげた鉄扉をしげしげと観察してジェドが言った。

「大きさ的に――カルロに匹敵するぞ」

「まさか」

コーマックが、信じられない様子で目を向ける。

「カルロ級の大きさの白獣を、僕はこれまでに見たことがありませんよ」

「俺だって、カルロが初めてだ」

そんな声を聞きながら、リズはへこんだ屋根の横側へと移動した。そこには数本の引っかき傷があって息をのむ。

このくらいの山々であれば、野生の狼だって生息しているだろう。

だが、これは狼などの仕業ではない。大きく抉れたその引っかき傷は、リズが知るどの爪跡とも違っていた。

見れば見る程、大きい。

カルロに匹敵するという感想もうなずけた。そっと手で触れてみると、かなり深く壁がえぐれてしまっているのがわかった。

「カルロ」

近くに人がいないのを確認したジェドが、不意に呼んだ。

直後、木々の中から大きな影が飛び出し、高く跳躍してきたカルロがドゥッと音を立てて着地した。

「この山にいる、他の野生の動物の気配はわかるか？」

歩み寄ってきたカルロが、顎を上げて「ふんっ」と鼻を鳴らした。それくらい造作もない、と答えている気がした。

リズがそう思っていると、カルロがやや頭を下げた。その鼻の上あたりにジェドが触れ、互いが目を合わせたまま数秒黙り込む。

その信頼し合っているかのような姿に見とれた。

会話しているのだろう。

獣騎士は、相棒獣の魔力とつながって心の中で意思の疎通ができる。名付けた相棒の名を、そこで呼ぶのだという。

――そしてグレイソン伯爵である獣騎士団長ジェドは、受け入れたすべての白獣ともそうすることが可能だった。

その時、ジェドの目がリズとコーマックへ向けられた。

「この一帯にいるのは、中型に分類される動物までだ。においからすると、生息数が激減しているわけでもないらしい」

山の中は食い荒されていない。

そうすると大型獣の実在は怪しくなるが、相手は未知の存在だ。白獣の亡霊だと仮定すれば、大きな倉庫の激しい損傷も納得できる。

コーマックが、「はぁ」と気の抜けた相づちを打った。

「さすがカルロですね。潜在能力が高い……その嗅覚にも驚かされます」

「まぁな。俺も、たびたび驚かされることがまだある」

「団長が魔力をつなげても計れない部分があるというのも、珍しいですね。それくらいカルロは強い白獣ということですか」

カルロの額をなでて褒めているジェドを前に、コーマックが首をひねる。

「その大型の謎の獣は、獣を食べているわけではないんですね」

リズは場違いにも少しホッとしてしまった。

それを耳にしたジェドが、しかめ面を向けてくる。

「亡霊であれば、肉は食わんだろ」

「でも、亡霊話が本当だとしたら、生きている別の獣に乗り移っている状態なんですよね？　それなら同じように食事もするのかなって」

「リズさんの言う通りですよ、団長。摩訶不思議な話が事実だとしたら、その亡霊は今、生きているということになります」

コーマックが口を挟んだ。

「元が白獣だというのなら、同じ肉食獣の体を使う可能性が高いですし、そうすると肉を食べるかと」

彼がそう話していた途中で、不意にカルロが反応した。

気づいたジェドがすばやく目を向けた。すっかり相棒同士だ。手を触れて意思の疎通をしたわけでもないのに、カルロと視線を交わしたかと思うとうなずく。

「誰か、来たらしい」

　ジェドが手で合図を出した。指示を受けたカルロが、森の木々に隠れているエリーに合流するように戻った。

　待っていると、馬車の車輪の音が聞こえてきた。

　ドラッドで用意してもらった馬車とは、違う音だ。村の停留所で合流する予定だったから、御者は今リズたちがいる場所も知らない。

　こんな村の端なのに、農用ではない馬車の音に緊張する。

「貴族の馬車だな」

　見えてきた黒塗りの馬車を、ジェドが青い目で捉える。

　馬車の側面には、家紋が描かれていた。御者も専属であるのか、きちんとした身なりを整えて帽子も着用している。

　やがて馬車が、リズたちの前で止まった。

　こちらに用があるらしいと待ち構えていると、御者が扉を開けて一人の男が降りてきた。

　それは年齢を推測するのが難しい美貌の紳士だった。一見して貴族とわかる身なりをしており、波打つ髪を軽くリボンでまとめている。

　ジェドが、リズをかばうように腕を出して前に立った。

「ああ、どうぞ警戒なさらず」

金のステッキを地面につけた紳士が、にこっと笑って先に言ってきた。

「私は、こたびの内密で行われることになった調査を知る者です」

「ふうん。とすると、俺の正体も知っているのか」

ジェドが威圧的に問うが、彼はまったく気を悪くするそぶりもしなかった。そうする立ち場が当然であるとでもいうように答える。

「もちろんです伯爵様。いえ、この場合は、獣騎士団長とお呼びした方が正しいでしょうかね？」

「どちらでもかまわない。――今のところ口外しなければな」

「ははっ、それはそうでしょうね。何せ秘密の調査だ。せっかくのご縁ですから、今後長い付き合いになれるよう祈りを込めて、グレイソン伯爵とお呼びします」

つらつらと慣れたように語った男が、作法の挨拶で外套の胸元に手をあて、恭しく頭を下げた。

「はじめまして、私の名前はサーチェス・ベルベネット。爵位は子爵になります」

「ベルベネットというと、ここの領主か」

「はい。例のドラッドも、私の治めているところになります」

そういえば、リベルラ村にある山の向こうは別領地だった。だから、こちら側の村との交流もあまり盛んではなかったようだ。

リズは、自分の村の領主と違うことに気づいて理解した。

「実は、この村には私の別邸がありましてね。調査の依頼の件は、ドラッドの町長から事前に知らされてはいたのですが、あなた様がじきじきに調査を引き受けたと、ベン＝ドラッド村の村長から急ぎの手紙で教えられまして」

ベルベネット子爵が、リズたちを見てにっこりと笑った。

「どうです？　よろしければ、私の馬車を少しお貸ししましょう。残りの現場は、今から回られるのでしょう？」

「情報が早いな」

「まぁ、私は行動派ではないので、協力者を村や町に置いているんですよ」

しれっとベルベネット子爵が答えた。

ジェドが、口角をくいっと引き上げる。だがすぐに表情を人のいい貴族風の美しい笑みに戻した。

「そうか。ぬかりのない奴は、嫌いじゃない」

「ふふふ、私もあなたのことは一目置いていましたよ。損得を考えて動けるところにも信頼を置いています」

ははと貴族同士笑い合う。

あ、なんだか似たような空気を感じる……。

リズとコーマックは、互いに気が合ったらしい二人を見て思った。無難に静かにして見守っていると、ベルへネット子爵が言う。

「私の馬車が、領地内を回るのは不自然ではありませんから、ご安心を。残りの現場については、我が早馬の馬車でご案内いたしましょう」

ベルベネット子爵が改めて述べると、御者が馬車の扉を再び開けた。

それに目を留め、ジェドが尋ねる。

「他にも用件がありそうだな？」

「もしよろしければ、その後に少し我が屋敷で休憩していきませんか？　町で手配された馬車の方にも、知らせを出しておきましょう」

すでにリズたちの馬車についても、場所を特定してある状況のようだ。

ベルベネット子爵の話によると、本邸とは別の屋敷をこの村に置いてあるらしい。

普段は、そこで暮らしているのだとか。

森に囲まれた場所に建てられていて、敷地の広さも十分ある。

その別邸であれば、カルロたちを休ませることも可能だろう。

きちんと休ませてブラッシングもしてあげたいと思っていたところだ。リズたちがそう考えていると、ジェドが意思確認してくる。

「だ、そうだが——どうする?」

「私は賛成です。カルロたちも、ゆっくり休憩させてあげたいです」

「少し長旅でしたから、僕としても賛成ですね」

三人の意見が一致したところで、了承を見て取ったベルベネット子爵が、満足げに御者へ指示を出した。

ベルベネット子爵の申し出をありがたく受け入れ、リズたちは彼の馬車で移動することになった。

徒歩から馬車移動へと変わったことで、移動時間も大幅に短縮し、残りの被害現場もあっという間に回ることができた。

どれも、最初の現場と同じく破損が目立った。

破壊されたその惨状は、とても大きな獣が人間のにおいがついている扉や塀を、無茶苦茶に食いちぎったようにも見えた。

「ふふっ。まるで恨みでも買ったみたいでしょう？」

リズが抱いた感想を、ベルベネット子爵が楽しげに言った。

子爵の別邸にも近い距離だというのに、面白がっているのがわからない。思えば彼は、事件が発生し続けているのに本邸に移動していない。

「恐ろしくはないんですか……？」

「まさか。もしかしたら戦闘獣と呼ばれている今の白獣が、人間の敵だった大昔にあった光景だと思ったら、面白いです」

それを聞いたジェドが、あきれ返ったように息を吐く。

「気楽なもんだな」

「風変わり、とはよく言われますね。自覚もしています」

「……そう堂々と述べられるのも、珍しいタイプの人ですね」

コーマックが控えめに感想を述べた。

するとベルベネット子爵は、演説を披露するかのようにリズたちに向かって演技臭く身振り手振りで語る。

「恐ろしい獣であるのは承知しています。けれど私は、なにぶん知的好奇心が強い男でしてね。グレインベルトに伝わる昔話も、グレイソン伯爵という領主の存在も、一族も、そしてまだ謎も多い白獣も好きなんですよ」

　場に沈黙が漂った。

　ややあってから、コーマックが同情の目で一言漏らした。

「つまるところ、団長のファンみたいですね」

「やめろ。一気に警戒対象だ」

　するとベルベネット子爵がくすくす笑った。

「ゆくゆく仲よくなりたいと思っていますよ。そのためにも、まずはこちらのお嬢さんを懐柔しましょうかね」

「えっ」

「そうですね、まずは好きな菓子を聞きましょうか。我が屋敷でのもてなしで用意させていただきますよ」

　……もしかして、甘い物でつろうとしてる？

　リズは一気に緊張も抜けてしまった。にこにこと覗き込んできたベルベネット子爵の笑顔は、美貌の紳士というより無邪気さが勝って。

　まるで子供の心を持ったまま、大人になった、みたいな人。

　今回の馬車の申し出についても、ベルベネット子爵には邪気なんて一つもなかったのだろう。

そうだとすると、珍しいタイプの〝いい人〟のようにも思えた。もしかしたらこの先、ジェドのいい味方になってくれるのではないだろうか？

ふとリズは、そんな予感を覚えた。

素顔を晒す相手が少ない彼の、社交界のよき協力者に――。

その時、ジェドがむっと眉を寄せて、ベルベネット子爵と見つめ合っていたリズを自分の後ろに隠した。

「ベルベネット子爵、リズを誘惑したらただじゃ済まないぞ」

「ゆ、誘惑って、団長様っ」

いきなり何を言いだすのか。

リズは焦ったが、男たちは無視して話を進める。

「私は未婚ですが、その気はないですよ。私の美しさは持って生まれたものなので、世の女性に見とれられてしまうのは仕方のないことです」

「ますますリズを近づけたくなくなった」

「ははは、そうおっしゃらず。大丈夫です、グレイソン伯爵の未来の婚約者ですから、あげると言われても、きちんと辞退いたしますよ」

「何がなんでもやるもんか」

余裕もなくジェドが素で睨みつける。

含む笑みを浮かべたベルベネット子爵の言いようから、リズとコーマックは婚約予定の一件を知っていることに気づいた。

貴族なので社交界つながりで知っているのだろう。

だからリズを懐柔する、だなんて口にしたみたいだ。だけど伯爵夫人になることはないので、仲よくなったとしても彼に貴族的利点はない。

そう思うと、リズは途端に騙し続けている罪悪感を覚える。

「ふふふ、お若いですねぇ。やはりそっちが素でしたか。厳しい感じも、ますます素敵ですよ、グレイソン伯爵」

「一発殴っていいか」

ベルベネット子爵が、うふっと投げキッスを放った。その途端、話が噛み合わないことにジェドが切れた。

リズは、直前までぐるぐる考えていたことも頭の中から吹き飛んだ。

「だ、団長様ストップです！」

今にも本気で殴りそうな気配に、短い悲鳴を上げて止めに入る。

「マジで殴るのは勘弁してくださいっ」

珍しく即拳を作ったジェドを、コーマックが慌てて止めた。


それから馬車は、ベルベネット子爵の別邸へと向けて走り出した。

十五分程木々の中を進むと、緑に囲まれた別荘地が開けた。

彼のプライベートの別荘のようなものなのだというが、そこにあったのは、郷土風の細かな装飾がされた素敵な屋敷だった。

以前、王都で見かけた屋敷に比べると規模は大きくない。けれど、リズはカントリーの中の屋敷を本当に〝素敵〟だと思った。余すところなく繊細に造り込まれて、古風な気品にあふれている。

二階建ての建物は、鉄柵の一つまで、まるでおとぎ話のお屋敷を思わせた。

「ふふ、気に入っていただけて何よりです」

リズが言葉も忘れて見とれてしまっていると、気づいたベルベネット子爵がうれしそうに言った。

「私の亡き父もここを好いていましたが、どうも社交界では絢爛豪華な方が好まれるようでしてね。どうやら君は、目がいいようだ」

「目、ですか？」

「この屋敷のよさに気づいて見とれる者は、少ない。ほら、今にも精霊でも出てきそうな屋敷だろう？」

だから見とれていたんだろう、と言われているようだ。

それで『目がいい』なんて言い方をしたのか。変な人だと思いながらも、リズはベルベネット子爵の言葉に緊張が緩んだ。

「はい。実はそんなことを想像しました」

「ふふっ、やっぱりね。これが我がベルベネット家が、代々胸を張って誇らしく引き継いできた初代子爵の別邸なんですよ。存分に見てあげてください」

その様子を見ていたジェドが、眉をひそめた。

「気障な男め」

舌打ちするように小さく独りごちた彼だったが、いったん和解の空気を漂わせてやれやれと息を吐く。

「これだと、貸し一で後ろから殴れそうにもないな」

「恐ろしいことを考えますね。副官の君も、苦労しそうだ」

ベルベネット子爵が振り返ると、コーマックがやわらかな苦笑を浮かべた。

「いえ、僕にとっては大切な幼なじみでもありますから。こんなことは昔からしょっちゅうありましたよ、慣れました」

「おっと。そうでしたか、それは失礼。グレイソン伯爵の友人知人関係も、あまり知られていないものですから興味深くもあります」

「社交界に出たとしても、僕は部下としてそばにいますからね」

その時、ジェドの声が二人の会話を遮った。

「おいコーマック、余計なことは言うな」

そっぽを向いたジェドの横顔は、照れ隠しがうかがえた。

大切な幼なじみだとストレートに言われたのが恥ずかしかったらしい。素直じゃない一面もある。

リズは微笑ましく思った。そして同時に、二人の関係をうらやましくも感じてしまった。信頼し合って、この先もずっと一緒にいられる。

でも、新米のリズがそれを望むことはできない。

「それでは、こちらへどうぞ」

出迎えてくれたベルベネット子爵の執事と使用人たちが、リズたちをサロンの一つに案内した。

別邸の中も古風で美しかった。天井は高く、豪華な調度品も室内を鮮やかに彩っている。けれどやはりどこかカントリー的な美麗さにあふれていて、リズの目を引きつけた。

紅茶と菓子が用意されると、使用人たちは速やかに退出していった。

「謎の獣と、それを連れた少年の話は、噂が出た当初から私も耳にしていましたよ。私の領地内の村ですから」

ジェドが短い話を終えたところで、ベルベネット子爵がティーカップを眺めつつそう言った。

「まさか〝相棒〟の可能性があることについては、すぐ思いつきませんでしたが」

「まだ憶測の段階だ。他言無用で頼む」

「存じ上げておりますよ。こうしてお話しいただいただけでもありがたい」

「協力してくれるというから、仕方なくだ」

ジェドは、露骨に嫌がるような態度だった。

「私だって早い解決を望んでいるのです。協力態勢を敷いた方が、解決により早く近づくというのなら協力を惜しみません」

「まぁ――こちらとしても、協力の申し出はありがたい」

「ふふ、それはよかったです。もし他の戦闘獣たちが飛来することになったとしても、屋敷の正面広場で十分対応できるでしょう。何か入り用な物があればお使いください。必要であれば、いつでも人払いもします」

村のことに関しては、一番にベルベネット子爵のもとに情報が入るようになっている。それを今後は情報共有してくれる。

その協力姿勢についても、調査においても利点ではあった。

「私もその子供の存在は気になっているのですが、ほとんどの者が獣に気を取られ、次の調査につながらないのが難点ですね」

ベルベネット子爵によると、その子供は頻繁に活動もしていないらしい。村内での数少ない目撃情報から、この村の者ではないことだけはわかっている。

「以前から、少なからず窃盗などもあったんですね」

リズが尋ねると、答えながらベルベネット子爵がティーカップを置く。

「ええ。子供というのもこちらでは珍しいですから、同じ人物でしょう。たびたび起こっていたようです」

「相手が子供ということもあって、被害届けが出されていなかった可能性もあるな」

ジェドが、テーブルの菓子をつまみつつ口を挟んだ。

食べるのに困った子供が、窃盗を働くことは都会ではままある。けれどこの辺だと滅多に聞かない話であったので、リズはなんと言えばいいのかわからない。

するとと気づいたコーマックが、菓子皿の一つを、いったん気をほぐすように彼女の方へ寄せながら言う。

「小さな土地である程、目も行き届きますからね。親がない子を、周りのみんなで育てることの方が、リズさんにはなじみがあるのかもしれませんね」

その通りだ。

不慮の事故や、病で親を亡くした場合にはみんなで育てる。だから、盗みをしなければ暮らせない子供なんて、リズの知る限りいなかった。

それなのに少年は、たった一人、孤独に生きている。

「それだと、まるで捨てられたみたいな……」

「少し大きな町だと、珍しくない」

ジェドの言葉が冷たく耳について、リズはパッと目を向けた。

「でも団長様っ――もごっ」

「まぁ、菓子でも食って落ち着け」

リズの口に、不意にクッキーが入れられた。

甘い味と香りが広がると同時に、リズは大きな目を見開く。その赤紫色（グレープガーネット）の瞳いっぱいに、こちらに身を寄せたジェドが映り込んだ。

なんだか近い。直前までの混乱が、とくんっとはねた胸の鼓動一色になる。

「あの……その、ごめんなさい」

「落ち着いたか？」

「は、はい」

本当は、ジェドが近くてまったく落ち着かない。

彼にお菓子を食べさせてもらったことも恥ずかしい。だけど身を引いたら、ドキドキしているのがバレてしまいそうで動けなかった。

「子供が捨てられることに、お前がなじみがないのはわかってる。だが大きな町だと、よくある話でもあるんだ」

一つずつ聞かせるように、ジェドが言ってきた。

「金品を巻き上げているのが子供だと聞いた時から、捨て子の可能性と……それを知ったお前が、こうやって思い悩んでしまうことも予感していた」

もしかして、団長様は私を心配してもいた……？

リズは、胸の不思議な鼓動を聞きながらジェドと見つめ合っていた。すると同じソファに腰かけていたコーマックが、へたな咳払いをした。

「団長、もう少し優しい気遣いはなかったんですか？」

「いや、ついな」

答えたジェドが、ふと考えついた顔でさらにリズへ寄る。

「な、なんですか」

思わずリズが警戒すると、彼は引くどころか顔を覗き込んできた。

「それなら、やりなおそう」

「は」

「俺がクッキーを食べさせるから。おいでリズ」

「なっ、な、な……！」

ジェドは真面目だ。

自然と肩を抱かれたリズは、いったいどういうことかわからなくて、真っ赤になって慌てた。

「何がどうなったら『やりなおし』になるんですかっ」

「もったいないことをしたな、と」

「意味がわかりません！」

リズは、真っ赤な顔で思わずジェドを両手で突っぱねた。

でも『意味がわからない』なんて、本当……？

ふと、自分の言葉に対する疑問がよぎった。真っすぐ見てくるジェドの目を、素直に見つめ返せないのはどうしてだろう？

庶民服姿のせいなのか、仕事なんて関係なく彼個人の意志で、抱き寄せられているようにも感じてしまって――。

そう思った時だった。不意にベルベネット子爵の方から、声が上がる。

「それで、婚約はいつ？」

「ごほっ」

思わずリズはむせた。

「陛下からは、とても仲睦まじいと聞きましたよ」

その声を聞きながら頭の中が一気に冷えた。

どうしよう、そういえば婚約の用意までされてしまっていたんだった。

そう考えた矢先、ジェドが動く気配にリズはハッとした。

「ゆくゆくだ」

「ほぉ、今はまだ明かせないというわけですか。みなさんも楽しみに待っていることですし、私にだけ教えていただくのもずるい話でしたね」

「そういうことだ、わかっているじゃないか」

にっこりとジェドが社交用の笑顔を返した。

――団長様っ、まだその設定を続けるんですか⁉

リズはわなわなと震えた。でも出会ったばかりのベルベネット子爵に、真実を明かすわけにもいかないのは確かだ。

葛藤した末に肩を落とすまでを、コーマックが同情の目で見ていた。

「私は先日王都には行けなかったもので、せっかくのお披露目に駆けつけられず申し訳なく思っていたところなんです」

なので、とベルベネット子爵が続けてきた。

「ここは、山の陰になって日暮れも早いですから、どうです。部屋をお貸ししますから、夕食会を開かせてくれませんか」

「まだ宿泊先は決めていないからありがたい提案だが、しかし――」

「実はね、こうして招待したのも、調査に必要とあれば活動拠点として屋敷を提供したく思ってもいたからです。今日明日で調査が終わるのか、それとも何日かかるのかもわからない状態でしょう？」

なるほどと、ジェドは悪くない様子で考え込む。

将来を誓い合った恋人同士という設定が続いていることもあって、リズは話の流れに嫌な予感がした。

屋敷は被害が出ている村の外れにも近い。何かあればすぐに駆けつけることもできるし、あらゆる面を考慮しても都合がいいのはたしかだ。

でも……。

「大きなバルコニーのある奥の部屋も空いていますから、そこからであれば我が屋敷の人間と遭遇することなく、部屋内に戦闘獣を招けるでしょう」

ベルベネット子爵がそう続けた。

小さく息を漏らしたジェドが、軽く手を上げて話を遮った。

「もういい、そうくどくど口説いてくるな。わかってる。なら、少し世話になる。よろしく頼む」

「ははは、とてもうれしいお返事をありがとうございます。それでは奥の部屋を二つ、ご用意させていただきますね」

二つ、ああ、やっぱりそうなるのね。

聞いた途端くらりとしたリズを、心境を察した表情のコーマックが腕に手を添えて支えた。

そんな中、ベルベネット子爵はジェドに告げる。

「一つは副官殿と相棒獣用に、そしてもう一つの大きな部屋を未来の婚約者とお使いください」

――案の定、ジェドと同じ部屋にさせられてしまった。

◆§◆§◆

それから数時間後、食事も終えて就寝時間を迎えた。

湯浴みを済ませたリズの緊張は、ピークに達していた。

今回持ってきた衣類は、自前の私服だ。普段使っている寝間着を着ているのを思うと、急速に恥ずかしくなってくる。

こういう衣装を異性に見られるのは、年頃の女性として無理があった。

就寝を共にするなんて思ってもいなかった。まだ婚約もしていないのに同じ部屋にさせるなんて、貞操概念はどうなっているのだろう?

いや、団長様が私に何かするなんて、それこそありえないけど……。

でもリズは、どうしてか以前同室になった時以上に落ち着かない。

「また団長様と二人きりになるなんて……」

室内をそわそわと歩く彼女を、バルコニー前で寝そべっているカルロが目で追い駆けている。

その時、部屋の扉が開く音がして肩がはねた。

「なんだ、まだ寝ていなかったのか」

向かってくる彼の青い目に、リズはたじろぐ。

「う。その、はい……えっと、予定よりも早かったんですね」

「少しベルベネット子爵とコーマックと、段取りについて話していた。彼の伝令鷹も役に立ちそうだ」

言いながら、ジェドが貸されたらしい羽織を椅子に引っかける。

湯浴みを済ませた彼は、夜色の髪から整髪剤も落ちていた。村で宿泊しても怪しまれないシャツ一枚とズボンの就寝姿に、リズはドキドキしてくる。

「さっさと寝るぞ。明日も早い」

ベッドのサイドテーブルの明りが、しぼられた。

ぎしりとスプリングを鳴らしてベッドに上がったジェドが、ふと反対側で立ち尽くしたままのリズを見る。

「なんだよ、屋敷でも同じベッドだったろ」

目を胡乱(うろん)げに細められた。

「は、はい。そうなんですけど……」

「『そうなんですけど』、なんだ？」

「いえ」

不審に思われないよう慌ててベッドに入る。少し上がったスカートの裾を意識して、シーツの中で引っ張って下ろした。

やわらかな夜風が吹き込む中、カルロがあくびを漏らす。

でも、リズの心音の方がきっと大きい。ただそばで横になっているだけなのに、彼を意識して胸がばくばくしている。

どうか聞こえませんようにと、背を向けてぎゅっと縮こまった。

「なんでそっちを向くんだ」

不審そうな声が近くからして、ドキリとする。

ベッドのきしみに、彼が少し上体を起こして覗き込んできたのを感じた。

「ま、前もそうだったじゃないですか」

「前はそこまでされなかった」

ささやくような低い声に鼓動が速まった。

彼が手を出してこないのは知っている。それなのに、もしかしたら何か起こるんじゃないかと予感してドキドキしているのだ。

そんなことを考えるだなんて、おかしい。

恥ずかしさが増し、リズがたまらずぎゅっと目を閉じた時だった。

「リズ、顔を見せてくれ」

シーツの上から肩を抱かれて心臓がはねた。向きを変えられて、ころんっと背中がベッドについた。

ジェドが枕に肘をついて、こちらを見下ろしている。

うつむいた彼の髪が少し落ちていて、切れ長の青い目にかかっていた。そこに恥じらうリズの顔が映っている。

「そんなに意識されると、やりにくいんだが」

「ち、違います、これは団長が、肩に触ってきたからであって」

赤面の言い訳も、言葉がぐちゃぐちゃになる。リズは少しずれた寝間着の襟元を気にして、手でかき寄せた。

しばらく互いの呼吸音を聞いていた。

見つめ合ったままでいると、ジェドが春色の髪を指で一つまみしてきた。

「なんだ、もしかして手を出されたいのか？」

場を和まそうとしたのか、ふっと意地悪な笑みを浮かべてくる。

髪を触られている感覚に胸は高鳴った。一瞬、このまま触れてくる彼を想像してしまって、リズは真っ赤になった。

「そっ……んなこと、ありませんけど」

否定する声は、込み上げてしまった想像に小さくなる。どうしてか振り払えなくて、自分の髪をすくっているジェドの指にドキドキしていた。

自分で言ったのに、彼が少し頬を赤くした。

「リズ。もしかして」

不意に、頬に手を添えられて、心臓がばっくんとはねた。

自分の名を呼んだ吐息交じりの声が、なんだか甘い気がする。

きっとそんなはずはないのに、リズは確認できなかった。今、目を合わせてはいけない気がした。

途切れた言葉を尋ね返すこともできないでいると、頬をくすぐられる。

「リズ」

また名前を呼ばれて胸が甘く痺(しび)れた。

こんな感覚は知らない。けれど抗えず、引き寄せられるみたいに目線が戻ると、頬をなでる彼の手で顔を上げさせられた。

小さな明かり一つの部屋で、ジェドの青い目は綺麗だった。

目が合ったら、もう魔法にでもかかったみたいにそらせなくなる。

「どんな場所で見ても、宝物みたいに綺麗な目だ」

リズが思った矢先、ジェドが同じことをつぶやいてきた。

目の色が美しいのは彼の方だ。

そう思うのに、ぼうっとしてよく考えられない。彼が私の目を綺麗だと言うだなんて、夢でも見ているのかしら……。

見つめ合っていると、両手で頬を包み込まれた。

ジェドの顔が近づく。ドキドキしすぎて胸はうるさいのに、頬を包み込む大きな手の温もりに自然とリズのまぶたも下がって――。

直後、額に口づけられて我に返った。

「なっ、なんでまたそういうことするんですかっ」

ハッと目を開けたリズは、赤面して咄嗟に突っぱねた。またしても甘い空気に惑わされそうになってしまった。

「ここでふりをする必要、ないですよね⁉」

「仕方ないだろう。そんなふうに見られたら」

だがジェドは、混乱中のリズを前に一度言葉を切る。

「……男は、かまいたくなるものだ」

「『そんなふうに』って、どんなふうですか！」

思わず追及したものの、彼は答えてくれなかった。

ジェドがそっと顔をそむけて、口元を隠すように手で押さえた。しばし考えるような彼に気づき、リズは黙り込む。

「それにしても、少しもったいないことをしたかもしれないな」

不意に、彼がぽつりとつぶやいた。

「え？」

「躊躇(ちゅうちょ)しなければよかったか」

「ぼそっと言ってますけど、聞こえてますよ⁉」

何を躊躇しなければよかったと言っているのだろうか。

まるでキスでもするような距離感だったのを思い出したリズは、頭の中が沸騰しそうになって過剰反応でシーツを盾にした。

「そんなことをされると、余計にそそられるんだが」

ジェドが、うーむと悩ましげに首をかしげる。

その時、彼が唐突にベッドに両手をついてきた。逞しい腕に囲い込まれ、リズは色気のない悲鳴を上げてしまう。

「ひぇっ、な、なんですか」

見下ろしてくるジェドの目は真剣で、どぎまぎした。

「リズ。本気で少し心配になってきたんだが、いいか？」

「へ？　心配？」

「そうだ。一つ言うが、とくにそのシーツだ。お前はそれで相手をどうにかできると思っているのか？　もっとまともな対処法を身につけていた方が――」

「と、とにかくっ、自分の枕に戻ってくださいっ」

再び顔を近づけてきた彼の胸板を、反射的に押し返した。

鍛えられているのが薄いシャツ越しに伝わってきて、触っているのが無性に恥ずかしくなってくる。

しかもびくともしなくて、リズは一人で焦っていた。

青い目にほんのり熱を帯びたジェドが、困ったように見下ろす。

「どうしたもんかな……そんなに警戒されるとなぁ」

「ど、どうしたもこうしたも、困っているのは私の方ですぅぅぅ！」

ドキドキしすぎて普段通りに接することができないのが、なんだか苦しくて泣きたくなってきた。

団長様が変だ。でも、私の方が、もっとおかしい。

なんでこんなに恥ずかしいのだろう。もう普通に話すこともできないんじゃと、考えがぐるぐる回っていっぱいになった時だった。

――べろんっ。

「うぎゃ！」

突然、横からカルロに顔をなめられた。

びっくりして目を向けると、ベッドに大きな頭を寄せ入れたカルロがいた。

「カ、カルロ……？」

「ふんっ」

唐突に、ぐいっと頭の額部分を見せられる。

「……もしかして、なでろってこと？」

ぽかんとして涙の気配も引っ込む。

ジェドが、ホッとしたような吐息を漏らしながら寝なおした。自分を落ち着けるように両手で前髪をかき上げるのを、リズは目で追った。

「団長様？」

「カルロは『なでてもらわないと寝られない』と言っている」

「でも、カルロに触ってないから、団長様は会話ができないんじゃ――」

言うそばから、カルロにもふもふの大きな頭を寄せてこられた。

早くしろと言われている気がする。試しに両手を伸ばしたら、ぐいっと掌に押しつけられて、カルロの方から触らせてきた。

ジェドが言う通りだったようだ。

なで癖がついてしまっているからなのかもしれない。

「そんなになでられたかったのね」

仕方ないなと思いながら、リズは微笑ましくって望む通りしてあげる。もふもふとした温かさに、緊張が溶けていくのを感じた。

「ふんっ」

まぁまぁ悪くないと言わんばかりに、カルロがしかめ面でベッドに頭をのせた。

でも、本当はとてもうれしいんだろう。大きな尻尾がぶんぶん揺れているのが、こちらからでも見えた。

――まるで、大きな息子みたいにかわいいカルロ。

リズは、教育係として贔屓目になってしまうのを感じた。彼が、かわいくってかわいくって仕方がない。

「昨日の夜も、本当はこうしたかったのよ」

「ふん」

それから、本当は団長様ともお喋りをしたかった。

そう思った時だった。まるで心の声に応えるみたいに、ジェドの優しい声が聞こえてきた。

「カルロと同じくらい、俺のことを信用してくれているんだろう？」

リズはカルロから手を離した。寝返りを打ってみると、こちらを見つめているジェドと目が合った。

もう先程のようなパニック状態にはならなかった。

すぐそこにある彼の青い目に、安心感を覚えていた。昨夜と違って、こうしてジェドもそばにいてくれている。

「なら、安心してくれ」

そんなこと、言われなくともわかっていたはずだった。

リズは、ジェドを誰よりも信頼していた。

そしてカルロとどこか似た眼差しをしたこの人を、支えたいと思ったのだ。

「はい。団長様」

自然と微笑んで答えた。ジェドが手を伸ばしてきたので、リズは素直に彼の手を取った。

一緒に横になって、手を握ったまま見つめ合っていた。

とても時間が穏やかに流れているようで、なんだか不思議だった。

「お前は、純粋なんだな」

「え？」

ふっとジェドが口にしてきて、リズはきょとんとする。

「大切に、一つずつしていかないと、きっとだめなんだろうなって改めてわかった」

不思議に思って見つめていると、頬に触れられた。

顔の横を大きな手に包み込まれて、とくんっと心臓がはねる。指が髪に触れるのを感じて、ドキドキした。

「さっき、『ここでふりをする必要があるのか』と尋ねたな」

「は、はい」

どうにか答えた。近くから見つめてくる彼の落ち着いた表情から、どうしてか目が離せない。

「俺は、今、陛下たちに誤解されたままのことを――ふりではなく、本物の関係にしたいよ」

「えっ？」

「落ち着いてくれ。今は、それでいいから」

先にジェドが苦笑交じりで言ってきた。

「明日も早い。おやすみ、リズ」

頭をなでられたかと思うと、そのまま手が離れていく。

ジェドの目が離れた途端、胸が大きくドキドキして、リズはすばやく反対側を向くとうるさくなった胸元を手で押さえた。

今の、どういう意味？　気になって余計眠れそうにないんですけど⁉

背中の向こうで、寝る体勢を整えるジェドの衣擦れの音にもドキドキした。すると
カルロが、仕上げのようにボスンッとベッドに尻尾をのせてきた。大きいものだから、
リズもジェドもすっぽり包まれる。
一人と一頭の心地よい空気を感じていると、やや落ち着きだした。
『明日も早い』
先程ジェドに言われた言葉は、もっともだと思った。
明日も朝から、村人たちが安心して暮らせるよう事件解決に向けてがんばらなけれ
ばならない。
たとえ白獣に関わらなかったとしても、ジェドは力になろうとするだろう。その場
合、ここにいるリズとコーマックが頼れる部下だ。
鬼上司の彼は、領民や部下や白獣のことまでよく考えている、とても優しい人でも
あるのだ。そしてリズを信頼して任務を与えてもくれた。
――今回もがんばろう。そのためにも、寝なくちゃ。
カルロと、そしてジェドと一緒にいる。その温もりに自然と眠気を誘われ、リズは
安心感の中で眠りに落ちた。

三章　揺れる乙女心と謎の少年

一頭の、とても大きな白い獣の夢を見た――。

　青い空が、目もくらむ程、澄んで見えた。

　それは、どこか遠い昔を思わせるような色合いだった。世界は鮮やかで、息をのむ程に広大な淡い緑の大地が広がっている。

　獣の逞しい四肢が大地を蹴り、爪をめりこませぐんぐん前へ進んでいく。その様子はとても優美でもあった。

　彼は、戦士なのだ。

　女王の声を聞き、山に住まう白獣たちを守り続ける、誇り高き戦士。

「我らが、幸運の娘（バイオレット）」

　駆ける獣の紫色の目が、猛然と過ぎる山の風景を映している。

　獣の表情はわからない。けれど見慣れた獣の瞳は潤い、だからより風景を鮮明に美しく反射しているのだろう。

　そして呼ぶ声には、迫るような思いが込められている気がした。

――その獣は、切ない思いで「幸運の娘」と呼ぶ。

「なぜ。どうして」

咆哮を上げた獣の〝声〟が聞こえた。

怒りと、悔い。強烈なそれらは、叫ばずにはいられない程の悲しみがあったせいだった。

嘆く獣の声がする。痛い程に呼ぶ。

そんなのは嘘だ、どこにいらっしゃるのですか……と。

ただの夢なのだ。リズに獣の声が聞こえるはずがない。でも、どこかの地で起こった遠い過去のようにも見えた。

獣の咆哮が、落雷のように空気を震わせる。

それはもう会えない誰かの名を、切々と呼んでいる気がした。

◆§◆§◆

嘆く獣の遠ぼえが、浮上していく意識の中で遠ざかっていく。

不思議な夢を見たように思ったのだが――それは唐突に、一つの声で現実に引き戻された。

「リズ起きろ！　緊急事態だ！」

「ふぁい⁉」

びっくりして身を起こした。ベッドの隣はもぬけの殻で、ジェドがすぐそこで薄地のジャケットに袖を通している。

目が合った拍子に、ジェドが少し笑った。

「ったく、少し騒がしくなってもまったく起きなかったな。安心しきっていたのはわかるが、警戒心がなさすぎるのもどうなんだろうな」

上司として叱っているのだろう。でもその眼差しは叱るふうではなく、どこか優しげでもあった。

昨夜の出来事が、ふとよみがえってドキドキしてくる。

身を包んでいる庶民服が、まるで彼との距離感を近づけたみたいだ。胸が高鳴ってしまった時、気遣うように尋ねられてハッとする。

「すぐ動けそうか？」

確認してきたジェドの目に、仕事の真剣さが宿っていることに気づいた。

そういえば先程、『緊急事態』と聞こえた。

「う、動けます！　何かあったんですかっ？」

即答しつつ慌ててベッドから下りた。

窓の向こうは、夜が明けたばかりだ。予定していた起床時間より全然早くて、嫌な予感がした。

「さっき、ベルベネット子爵の執事が急ぎ伝えにきた。例の亡霊が出たらしい」

「あの謎の大型獣ですか⁉」

リズは、旅行鞄から着替えの服を引っ張り出しながら尋ねた。

袖口を留めるジェドが、真面目にうなずく。

「まさにそれだ。騒ぎになっていると、村人が馬車用の馬を飛ばして、ここまで報告に来てくれたらしい」

「ということは、まだ……？」

「騒ぎの真っ最中かもしれない。うまくいけば現物を拝めるかもしれない――カルロ！」

待っていたカルロが、ジェドの指示を受けてバルコニーから身を躍らせ、外へと飛び出した。

窓の向こうで、カルロがエリーと合流したのが見えた。屋敷を囲む森へ一直線に突入したカルロのすぐ後ろを、追う形でエリーも続く。

「俺は先にコーマックと合流する」

「了解です！　私もすぐ行きます！」

昨夜のことを考える暇はなかった。ジェドが部屋を出ていった直後、リズは大急ぎで身なりを整え部屋を飛び出した。


「私も、先程知らせを受けたばかりで驚きですよ」

馬車を出してくれたベルベネット子爵が、コーマックの隣で車窓からの明るくなりだした風景を見ながら言った。

その向かいの座席に、リズはジェドと並んで腰かけていた。

感想を述べたベルベネット子爵を、三人はうさんくさそうに見てしまう。一階に下りた時、彼は「レディがいるからね、嗜みだよ」とメイドたちに着替えの仕上げをしてもらいながら紅茶を飲んでいたのだ。

器用な人だなぁと、リズは一瞬気が緩んだのを思い出す。

「まぁ、こう見えて私は、領民だけでなくこの村の者たちからも信頼されているんですよ。別邸にいる間はいつでも力になるから気軽にいらっしゃい、と村人たちには言ってある」

「うまい情報収集の方法ですね」

コーマックは同じ領主であるジェドと重ねたのか、自分の都合のいいようにもっと人を動かしてしまえる人間もいるけれど……と小声で続ける。

ジェドが、幼なじみ兼部下をじろりと見た。

「俺の方が悪いと言いたいみたいだな？」

「団長の場合、腹黒いところがちょっと……」

「信頼と名声は、事をうまく運ぶには必要ですよ。今のところの問題は、早速また起こった亡霊騒ぎですね」

ベルベネット子爵が、あっさり話題を戻した。

「荷馬車が襲われた。いや、正確に言うと転倒した、というべきかな？　いきなりのことで、近くの村人たちは大混乱というわけです」

その〝亡霊〟が突如衝突し、荷馬車が横転したらしい。

織物や金物などの商品を運ぶための大型の荷台だったが、商業市場へ移動させようとしていたところだったので中身は空だ。

「つまり狙いは、荷物ではなかった、ということですよね？」

リズが戸惑いつつ確認すると、ベルベネット子爵はうなずく。

「このパターンは初めてのようです。そこには例の子供姿もあったようですから、御者の金品を狙ったものとも考えられますが」

「取られたうんぬんの報告はなかったんだろう。騒ぎが起こった直後の混乱を考えると、それについても現場で改めて確認してみよう」

ジェドは考えながらも冷静に述べた。

子供の姿があったとすると、その子が指示を出して、獣に荷馬車を押し倒させたのだろうか？

そもそも謎の獣が、本当に白獣の亡霊によって姿が変化した獣なのかも不明だ。状況がわからないだけに胸がざわついた。

ようやく馬車が現場に到着した。

そこはすでに、先に指示を預けていたベルベネット子爵の言葉を受け、関係のない者たちが払われていた。

「……ひどい」

下車してすぐ、広い畑沿いの道に転がった大型の荷馬車に息をのむ。そこには散乱した荷台の破片などを拾い集めている者たち、損傷部分を確認している者たち、倒れた本体をどう起こして移動しようかと話し合う者たちの姿があった。

怪我人も少し出ているようだ。座り込んだ者と、応急処置をしている人たちが目に留まって緊張が走る。

すぐそこには、リズたちが昨日会った、このベン＝ドラッド村の村長カシムの姿もあった。

「いったい何があった？」

見付けた途端、ジェドがカシムに駆け寄って尋ねた。リズも、コーマックとすぐ後に続いた。

「例の亡霊が出て、荷馬車を押し倒したようなのです。村の者から知らせがあり、どうか連れていってほしいと頼んでここへ来ました」

「そうでしたか……無茶をされますね」

「村の中で荷馬車を襲撃されるのは、初めてのことなのです」

語る彼は、寝間着の上からジャケットを羽織っただけだった。心配しきった顔で服の胸元を握る。

カシムの話によると、金品類は奪われていないらしい。幸いにして御者席にいた二名の男性も、投げ出された際の軽傷だけで済んでいた。

「畑のやわらかな傾斜が、彼らを受け止めてくれたようです」

そうカシムが説明していたそばから、ジェドたちに気づいた男が「おーい！」と手を振って走ってきた。

「あんたらが、村長様がおっしゃっていた調査員の方々かい⁉」

見慣れない顔と察したのか、男が言ってきた。

ベルベネット子爵がすぐに対応する。

「その通りだよ。信頼性は、私のお墨付きだ」

「子爵様の？　そりゃあすごいっ」

それならと、男が急ぎ一人の男を連れてきた。

「実は、この畑の所有者である彼が、荷馬車が襲われた時に居合わせていました。荷馬車に体当たりしたところから目撃していたそうです」

前へ出されたその男は、頭に軽く包帯が巻かれていた。

荷馬車が派手に転倒した際、その破片の一つが頭にあたって、ひっくり返ってしまったのだとか。

「それは本当かい？」

ベルベネット子爵が、これは重要な目撃者だとジェドに目線を向ける。彼が「わかってる」と言って、男と向かい合った。

「何を見たか、覚えているか？」

「ああ。そこを歩いていたら、突然森から大きな黒い影が飛び出してきて、目にも留まらぬ速さで荷台にぶちあたったんだ。二人が放り出されて、俺はこの通り木片があたって……でも、俺はその後も意識があった」

「そこで子供の姿を見たんだな？」

ジェドが推測して尋ねると、男が慎重にうなずいた。

そばに子供がいた、という第一証言は彼だったようだ。その後に、ベルベネット子爵別邸へ急ぎ知らせが出された、というわけだろう。

動かした拍子に頭が痛くなったのか、男が顔をしかめて手をあてた。

「大丈夫か？」

「問題ないよ、ありがとう。だいぶマシになった方さ」

ジェドに答えた男が、使命感にあふれた顔で続ける。

「子供が来たのは〝その後〟だった」

「後？　一緒に荷馬車を襲ったわけではないのか？」

「違う、先に恐ろしい獣の方がやって来たんだ。いきなり弾丸みたいなスピードで飛び込んできて、荷馬車が横倒しにされた。倒れ込んだ俺が呻いている時に、何やら叫びながら子供が山を駆け下りてきたんだよ」

獣と少年は、共に行動していたわけではなかった。

そうすると今回の襲撃は、少年の指示ではなかったということだろうか？

リズは、コーマックと目を合わせた。ベルベネット子爵も、顎に手をやって興味深そうな顔で聞きに徹している。

「子供は来た時、何か獣に言っていたが……うまくは聞き取れなかった」

思い出そうと努力していた男が、肩を落として頭から手を離した。

ジェドが、落胆するなと労いの笑みで励ましつつ続ける。

「その子供の特徴は言えるか？」

「獣の方は倒れた荷馬車で隠れていたが、子供の方はよく見えたよ。十代半ばくらいの、かなり細っこい男の子だった。ざんばらの灰色(アッシュ)の髪で、あんたみたいに綺麗な顔立ちをしていた」

その特徴を聞いて、リズはふと先日に見かけた少年のことが脳裏をよぎった。

まさか、あの子？　いや、でもそんな偶然あるはずが――。

その時だった。不意に男たちの野太い悲鳴が上がって、場が騒然となった。

「獣が出たぞっ！」

全員の視線が、森から飛び出してきた大きな影へ向いた。

同じく目を走らせたリズは、上空に浮かんだ獣の姿が目に飛び込んできて、赤紫色（グレープガーネット）の瞳を見開いた。

それは禍々しい黒い霧のようなモノをまとい、朝焼けの空を背景に堂々と宙に立っていた。

牛や馬が小さく見える程に大きい獣だった。

鎌のように出た爪、やや乱れた波打つ白い毛並み。耳の先まで毛を逆立て、うなる口元からは鋭利な歯を覗かせていた。

そのせいか白獣によく似たその獣は――まるで地獄からよみがえった一頭の獣を思わせた。

そして、その背には一人の少年がまたがっていた。それは先日に見かけたあの少年で、リズは二重の驚きで声が出なかった。

「あっぷね～。何、あのおっかない獣は？」

騎獣している少年が、拍子抜けするような緊張感のない声で「焦った」とつぶやくのが聞こえた。

その時、森からカルロたちが飛び出してきた。木々の上に着地したのを見て、村人たちが「戦闘獣だ！」と驚きの声を上げる。

けれど、リズはそちらまで気が回らなかった。

「そ、空を飛んでる……」

何せソレは、獣騎士がする〝白獣への騎獣〟だ。

難問の答えだけが唐突に目の前に出てきたみたいに、理解が追いつかない。

リズがぽかんと眺めていると、少年があどけない顔で、下のカルロたちをまじまじと眺めた。

「へぇ、なるほどね。あれが最強部隊の戦闘獣ってやつなのか。どうりで大きいと思った」

誰も何も答えていないのに、少年が納得した様子で言った。

リズは、ますます動揺して大きな目を丸くする。その姿は、普段のジェドたちと相棒獣たちに重なった。

まさか、獣と心の中で意思の疎通を……？

緊張が高まったその時、不意にその獣がリズの方を見た。遠目ではあるものの、目が合ったのを感じた。

「え？　なんでこっちを見て……ぅえ⁉」

次の瞬間、その獣が空を駆けて真っすぐリズの方へ向かってきた。勢いのあまり獣の背に乗っている少年がのけ反る。

逃げる暇もなかった。次の瞬間には、もう距離を詰められていた。

続く悲鳴をのみ込んだリズの目と、眼前でピタリと止まった獣の目が、至近距離で再び合った。

地獄の炎のようにぎらついた眼差しの奥に、紫色（バイオレット）が見えた。それはたしかに白獣の特徴的な目の色をしていた。

リズの大きな赤紫色（グレープガーネット）を、獣の目が覗き込む。

わずかに口が開き、黒い霧のようなモノが吐き出された呼吸に混じる。

《――――》

何か、獣の言葉でつぶやかれた気がした。

だが直後、ジェドが叫んだ声を聞いてリズは我に返った。

「カルロ！」

気づいた時には、ジェドの腕の中に抱きしめられていた。それと同時に、カルロが牙をむいて獣の前へと飛び出した。

彼の爪を避けた獣が、すばやく後退して空へと再浮上する。

「あっぶね……つか、指示を出して、そいつも命令に従ったってことは、あんたが獣騎士？」

少年にとっても予想外のことだったのか、リズを見て安堵の息を吐いたのち、前髪をかき上げながら驚きの滲む声で言う。

「そっか。あんたと、そこのイケメン兄さんが、ここにいる戦闘獣の〝相棒騎士〟なのか」

コーマックのかたわらには、ジェドとリズたちの防衛のため戻ったエリーの姿があった。彼は一言も発さず見すえている。

隙と間合いをうかがわれているのに気づいた少年が、ぞくっと身震いした。

「行こう」

騎獣した少年が早口で告げる。獣が体の向きを変え、黒い霧のようなモノを滲ませながらここから離れるように空を駆け出した。

その姿は、あっという間に山の向こうに消えた。コーマックが、追おうとしたエリーを冷静に止める。

「だ、団長様、彼が行ってしまいました」

「そんなことは今、どうでもいい」

すぐにジェドが肩を掴んで、リズに確認した。

「リズ、怪我は？」

「いえ。私はなんとも……」

強く抱きしめてくれていたジェドの温もりに、心臓はバクバクいっていた。しかしそれ以上に、先程の緊張感も胸の奥で続いている。

そんなリズの肩を抱いて支え直してから、ジェドがカルロを見た。

「ひとまず〝待機〟だ」

カルロが一つうなずいた。同じくコーマックから指示を受けたエリーと共に、いったん森へと身を隠した。

ざわめく場を、ベルベネット子爵が落ち着けにかかる。村長カシムも、老体に鞭を打って彼に協力した。

そんな中、ジェドとコーマックは顔を見合わせた。

「いったい、どういうことだ？」

先に口にしたジェドも、信じられないモノを見たと言わんばかりだった。二人は同じ感想を表情に浮かべている。

それは亡霊の正体についての驚きだろう。

リズが緊張して待っていると、コーマックとジェドがうなずき合い、案の定の答えを口にしてきた。

「この感覚は、間違いないですね」

「ああ。アレが白獣なのは、たしかだ」

現役の獣騎士である二人の意見は、あの謎の獣が白獣であることで一致していた。

◆§◆§◆

——耳元で、風を切る音がしている。

眼下には、つい先程まで見ていた低い山があった。

前方に続く大地の隆起には、青々と緑が茂り、連なる山々が続く。

その上を二頭の白獣が駆けていた。やや前を行っているのはカルロだ。そしてコーマックを乗せたエリーが、並んで進んでいる。

「つまり、本当に白獣の亡霊なんですか?」

リズは、風に煽られている髪を押さえながら、カルロに騎獣して自分を後ろから支えているジェドを見た。

「あの獣から感じたのは、たしかに白獣の気配だった」

「一度白獣と魔力をつなげたことがある獣騎士であれば、わかると思います」

ジェドが答えたそばから、コーマックも言ってくる。

「そう、なんですね……」

いまだ信じられないが、空を飛んでいたのもたしかだ。リズ自身、間近で目にした瞳の色も白獣であったとは気づいていた。

村の騒ぎに関しては、ベルベネット子爵と村長カシムが、事情を説明して落ち着かせてくれた。

いったん彼らに現場を任せ、ベルベネット子爵には獣騎士団への知らせもお願いした。そしてリズたちは騎獣してベン＝ドラッド村から、東の山の遠く向こうにある二つ隣の町を目指していた。

『彼は、恐らくギヴォットの町か、その周辺の村に関わる者だと思います』

少年を目撃した旅商人の一人が、そう証言したのだ。

そこは灰色(アッシュ)の髪を持った人間が多い町なのだという。その周囲に転々とある村々でも、たびたび見かける髪色なのだとか。

「肉体が白獣でないから、気配やにおいがたどれないとはな」

ジェドが小さくため息を漏らす。

「エリーも、カルロと共に追っている最中に何度も見失ったそうですからね……死んでいるのに、戦闘獣としての魔力が健在というのも不思議ですね」

相づちを打つコーマックの声を聞きながら、リズは支えてくれるジェドの逞しい腕の温もりにそわそわしてしまった。

思い返してみれば、カルロが相棒獣になって、初めて共に騎獣させてもらった時から、ずっと彼の腕はリズに優しかった。

それは、以前から女性として意識してくれていたから……？

昨夜の件で、つい、そんなことを考えてしまった。

ドキドキしたら、片腕で抱きしめている彼に伝わってしまうだろう。今は目の前に集中だ。リズは意識して団員として考察を口にする。

「私もそれが不思議でした。亡霊でも、白獣としての力も発揮できるというのにも驚いたんです」

「白獣は、個体によって能力にも差が出てくる。……それはわかっているんだが、まさか亡霊騒ぎとはな」

驚きを認めるようにジェドが苦しげに言った。

白獣の亡霊が、山の獣に乗り移って力を発揮している――それは元の獣の姿形まで変え、白獣の大きさとなって空も駆ける。

まさに『よみがえった』、とも言える状態だろう。

亡霊となってよみがえってしまう程の何か、怨念や未練といったことでもあったのか。それとも、強い力を持った白獣には起こりうることなのか？

ジェドの悩み込んだ様子からも、異例の事態であるのが伝わってきた。

「それに、騎獣での飛行までできていた少年だ」

質問できず待っていると、ジェドが呻くような声でそう言った。

「コントロールは完全ではないようだが、訓練なしでよくやれたものだ」

「たしかに、攻撃回避から再飛行まで無駄がありませんでした。のみ込みが早いのか、相手の亡霊が、それだけ賢い白獣だったのか」

うーんとコーマックが悩み込む。

まずは彼のことを調べるためにも、リズたちは少年の情報を求めてギヴォットの町へと向かっていた。

獣騎士団が来ていることは、あの少年にも亡霊にも知られたが、その噂は今のところベン＝ドラッド村内にとどまっている。

この先リズたちが向かう町を混乱させないためにも、いったん近くでカルロたちから降りる予定ではいた。

「亡霊のことも、何か知ることができるといいですね」

「そうだな」

リズに答えたところで、ジェドの視線がふと下を見た。

「カルロ、今日はやけに静かだな」

「――ふん」

ちらり目を合わせたカルロが、すぐに前方へ目線を戻した。

リズは、ジェドのように心で意思の疎通はできない。でも彼が『別に』とだけそっけなく答えて、再び沈黙したように感じた。

いったん、町に入る手前でカルロたちと別行動になった。

山岳に囲まれたギヴォットの町は、都会寄りで人々の賑わいがあった。

交通網もきちんと整備され、通りもとても大きい。ひっきりなしに馬車も行き交い、周囲の小さな村からの買い物客も目立つ。

どの建物も大きいから、下の賑わいに紛れて移動は可能だ。カルロたちは上からリズたちを見守り追うことになっていた。

普段、都会だとそうしているというのも驚いたけれど……。

大きな町に獣騎士がプライベートで訪れた時、実はそうやって後をついてくる戦闘獣を想像してリズは思った。

とはいえ人の流れが多いので、注意していないとはぐれてしまいそうだ。

気を引きしめた時、リズは、不意に手を取られて心臓がはねた。

ジェドの大きな手が、自分の手を包み込んでいる。思わず過剰反応でパッと振り返ってしまった。

「なっ、なんですか」

すると目が合った彼が、ちょっと目を見開いた。

どうしたと疑問を考えられている気がする。たしかに今のは、リズが露骨すぎた。

——意識しすぎでしょ私！

頬が赤くなるのも止められない。

昨夜のことが頭をループする。団長様は、私を本物の恋人にしたいと思っているの？　それって、私のことが好きってこと？

やっぱり考えてもよくわからない。ドキドキしすぎて言葉が出ないでいると、ジェドが小さく笑った。

「人混みではぐれたら、大変だろ。小さいしな」

はぐらかすように言われた。子供扱いされた気がして、リズはなんだかムキになって言い返してしまう。

「そんなに小さくはないですっ」

「どうかな。俺と比べても、こんなに違う」

「比べられても困ります！」

意地悪っぽく笑いながら手で高さの違いを指摘され、怒鳴った拍子に緊張が少しやわらいだ。

後ろでコーマックが苦笑いを漏らしているのに気づいた。かわいく頬を膨らませていたリズは、ふいっと目をそらすと不服風を装って押し黙る。

かまわず歩き出したジェドの目が、リズを見てやわらかく笑っていたから。

それがあまりにも甘い笑顔だったので、胸が大きく高鳴って頬が熱くなった。言い返したのに彼は、リズの手を優しく引いてくれていた。

――これは、子供扱いだったりするのかしら？

胸はドキドキしっぱなしなのに、彼にとって子供枠だからされているのでは、という可能性を考えた途端『嫌だな』と思う。

リズは十七歳だけど、彼に比べたら十一歳は年下だから。

「まずは役所ですかね?」

歩きながらコーマックが早速切り出した。

「そうだ。そこなら孤児の相談所もある」

「引っかかればいいんですけどね」

「たびたび騒ぎになっている子供だというから、保護活動で縁があったことを期待するしかないだろう」

ベルベネット子爵から、この町には支援課があることを聞いていた。

けれど手をつながれているリズは、ジェドの温もりと低い声に引っ張られ、この前の夜のことが気になって仕方がなくなる。

恋人のふりを、本物にしたい……だなんて。

亡霊の正体が白獣だとわかり、〝相棒〟の少年も出た。真剣に仕事にあたっている最中の彼に、こんなこと尋ねられそうにない。

『この前の言葉って、どういう意味なんですか?』

私はどうなんだろう？

ふと、リズは不思議な鼓動を打つ自分の胸を思って、考えた。

昨夜の言葉のせいで緊張はしているけれど、ジェドの手を振りほどきたいだとか、そんなふうには感じていない。

彼が手を握ってくれていると、安心するのだ。

きっと大丈夫。なんだってできる気までしてくる。

そう、これまでずっと平凡だとか不運だとか、そんな自信のなかった自分だとは思えない程、彼の存在がリズを勇気づけてくれていた。

それは、他の誰にも感じたことがないモノだ。

別館で応援し続けてくれている先輩たちや元上司。優しくて頼れるコーマックや他の獣騎士とも違う。

ジェドだけが、弱気なリズを特別に前へと進ませてくれる。

「建物が見えてきましたね。結構立派ですね」

そんなコーマックの感想が聞こえて、ハタと目線を上げた。

気づけば、人混みが少し落ち着いたところまで来ていた。もう手を引く必要もなさそうな場所だった。

でも……手を離してほしくないと、リズは感じた。

握ってくれている手の温かさが、どうしてか離れがたくなる。初めての見知らぬ町なのに不安も感じていない。

——ずっと、こうしていられたらいいのにな。なんて。

思わず、手をきゅっと握り返してしまった。

「どうした？」

そうしたら気づいたジェドが足を止め、建物の向こうに見える役所の屋根から、リズへと目線を移してきた。

「なっ、なんでもないんです！」

咄嗟に慌てて否定した。

けれど、手を離してほしくないと思ったことはバレバレだったのか、ジェドとコーマックの視線がそこに向く。

リズは顔から火が出そうなくらい熱くなった。それなのに手は、まだジェドから離れてくれない。

「あの、私、もう手を離すんだろうなとわかっているんです。だから、は、離さなくちゃと思って、あの」

言い訳が告白になっていると気づき、頭の中が沸騰しそうになった。コーマックが目を瞬くそばで、察したジェドの頬が赤味を帯びた。

「リズは、俺に手を握っていてもらいたいのか？」

指摘されて、リズは真っ赤になった。

人混みだから、はぐれないように誰かに引いてもらいたいわけじゃなくて、リズはジェドに手をつないでいてほしいのだと気づいた。

でも、どうしてそう思ってしまうんだろう？　彼だけがいい、だなんて……。

するとジェドが、驚かせないようゆっくりと目線を合わせてきた。顔を覗き込むと優しく言う。

「その、不安なら、このまま手をつないでいこうか？」

こんなところで大人の気遣いを示すなんて、ずるい。

リズが答えられやすくするために、彼はわざわざそんな聞き方をしてきたのだ。そうわかっていても、でも答えなんてとっくに決まっていて、

「……その……えっと、お願いします」

リズは恥じらいながらも、消え入る声で本心を伝えた。

掌の中がしっとり汗ばんでいるのに、ジェドはしっかりと指を絡めて握り、リズの

手を引いた。

「まったく。なんだかんだで、いい感じじゃないですか」

コーマックが小さく笑って、吐息交じりに安心したつぶやきを漏らして続く。

恋人つなぎで寄り添い歩くリズとジェドの姿は、まるで初々しい本物のカップルみたいに町に溶け込んでいる。

二人で進んでいく歩みが、とても心地いい。

リズは、自分の手を引いてくれるジェドを見ていた。

とくとくと胸の鼓動が高鳴って、ふわふわした。もはやコーマックに見られている恥ずかしさもなかった。

ただ一心に、ジェドの手の温もりだけを感じていた。

「――そんなに見られると、恥ずかしいんだけどな」

ぼそっとジェドが口にした。けれど悪く思うはずもない。つい、にやけてしまいそうになる口元を、赤くなった頬ごと腕でこすった。

しばらく進むと、役所が見えてきた。

一階の正面扉は開かれていて、きちんと警備の人も立っていた。

ジェドが足を止めて、リズを振り返る。大きな両手で手を包み込まれて、そこでようやく彼女は我に返った。

「リズ、カルロとエリーが近くから見ているはずだ。彼らを任せたい。一緒に少しここで待っていてくれるか？」

「わかりました」

手の温かさにドキドキしつつ答えた。握り込む力は優しくて、なんだかジェドがとてもリズを思ってくれている錯覚が込み上げる。

おかげで手を離すタイミングを掴みかねていると、彼の目が微笑む。

「できるだけ早く戻るから」

気のせいか、とても優しくて穏やかな声だ。

ずっと見つめられていることに、今になって顔に熱が集まってきた。

「は、はい。お待ちしています」

どきまぎしたところで、ジェドが察したみたいに手を離した。なんだか少しうれしそうで、上機嫌に見える。

「コーマック、行くぞ」

待っていたコーマックが、笑う口元を手で隠していた。役所に入っていく人たちの視線を集める中、ジェドに「はい」と答えてからリズへ向く。

「それではリズさん、よろしくお願いします」

「はい。いってらっしゃいませ」

リズは、コーマックとジェドが建物に入っていくのを見送った。その姿が見えなくなって、ようやく緊張が抜ける。

「びっ……くりした。あんなふうに微笑むだなんて」

子供に留守を頼む、みたいな感じだったのかしら？

一連の行動を思い返してみると、そう考えれば自然だ。また悩み込みそうな予感がして、リズはひとまずそう納得することにした。

今は、仕事に集中しなければならない。

しっかり留守を努めよう。そう思った時、不意に、つんっと後ろから袖を軽く引かれた。

「え？」

振り返ったところで、リズは目を見開いた。

そこには、あの灰色（アッシュ）の髪をした端整な顔立ちの少年が立っていた。人懐っこい表情でリズの袖をつまんでいる。

「あ、あの」

どうしてここにいるのか。

しかし突然のことで、うまく言葉が出てこない。すると少年が、彼女の顔を覗き込み、あざとく首をかしげてにこっと笑った。

「こんにちは、お姉さん。ねぇ、よければ俺にさらわれてくれない？」

「は……？」

リズは、今度こそ呆気にとられた。

四章　亡霊と白獣と謎

役所から少し進むと、一層賑わうギヴォットの繁華街に出た。

建物が多くて、道は入り組んでいる印象がある。

リズは土地勘もないものだから目が回りそうになったが、前を歩く少年が手を引いてくれるので迷わずに済んでいた。

カルロたちが見ていると言っていたから、恐らくは追ってきているはずだ。

そう信じて、リズは少年に付き合うことにした。

役所の前で手を引かれてから、十分は経っただろうか。少し前を歩く少年は、リズより頭一個分以上も小さい。

華奢な彼の肩先で、自分で切ったような灰色(アッシュ)の髪が揺れている。

引いてくれる手も、ジェドに比べるととても華奢だ。

だからリズは、その強くもなく弱くもない手を気遣って、ほぼ自分から足を進めている状態だった。

——あ、まただわ。

時々、彼は確認するみたいにこちらを振り返った。

目が合うと、そのたび彼は少しだけ不思議がる。そして、じっと見ているリズににこっと笑う。

愛嬌があるものだから、笑いかけられると気持ちも自然と和らぐ。悪い子には見えなくて、リズの口角もぎこちないながら上がった。

「お姉さん、人酔いとか大丈夫？」

何度目かに振り返ってきた少年が、ふと聞いてきた。

「え？　ああ、平気よ」

「そっか。もしかしたらお姉さんって、いいところのお嬢さんなのかもって少し考えたから、心配になっちゃってさ」

そんなことを言われて、リズはびっくりする。

「私、村出身の平民よ」

「そうなの？　なんかさ、ぼーっとしているというか、危なっかしいなぁというか。そもそも普通、こうやっておとなしくついてこないというか」

それで不思議そうな表情を見せていたらしい。

リズは、彼に言われた『ぼーっとしている』を考える。それは、見た目からして頼りないということだろうか？

「危機感がないって、よく言われない？」

「言われないわよ、そんなこと」

「本当に？　ふうん。もし町中で俺みたいな美少年に声をかけられても、ホイホイついていったらだめだよ」

口角が引きつりそうになる。

……悔しいけれど、たしかにその忠告は的を射ているような気もした。でも、そもそもと思ってリズは口を開く。

「イケメンの自覚はあるのね……」

「顔がいいと、女の子たちが食事代も安くしてくれるからね。儲けもんだよ」

リズは、無垢な目で無邪気に答えられて困った。

いい上司を演じているジェドのことが脳裏をよぎった。その腹黒さがないこの子が、どうか将来ジェドのようになりませんように……と少し心配してしまう。

時計店の角を曲がった路地で、少年がようやく足を止めた。

「この木箱に座りなよ」

手をほどいた彼が、積み置かれていた木箱の一つを叩く。

そこは建物の影が落ちていた。人の通りもなく、少しの間落ち着いて話をしようと言われているような気もした。

リズは、戸惑いがちにスカートをならして座った。その隣に彼が「よいしょ」と腰かける。

「あいつ、昼間はよく寝るんだ」

「寝る……？　それって、あの大きな獣？」

慎重に確認すると、少年が灰青色の目を向けて「そ」と言った。

「休む姿勢で目を閉じると、どういうわけか、しばらくの間は元の山狼の姿に戻るんだ。目覚めると、また体が大きくなる」

まるで魔法みたいな話だ。

リズは実感できなかった。でも、知りたいと思っていたことを話してくれている少年に、ひとまず聞くべく尋ねてみた。

「あなた、いくつ？」

「俺は十五歳だよ。お姉さんは？」

「私は……十七よ」

リズは、年齢への驚きをのみ込んで答えた。十五歳の少年が、山賊のように金品をたびたび取って生活しているのだ。

するとと少年が、彼女の重たくなった空気を払うように、ひょいと楽しげに下から覗き込んで続けた。

「お姉さん、名前は？」

「私？　リズよ」

「そっか、やっぱりそっちがお姉さんの名前だよね。俺はシモンだよ。さっき獣騎士の人に『リズ』って呼ばれてたし、そうだとは思ってたんだ」

うんうんと話す少年、シモンを前にリズは驚く。

あっさり名前まで教えられてしまった。けれどそれよりも、彼がリズの名前をわずかにも別の名前だと疑っていたことが気になった。

「あの、そもそもどうして私に……？」

名前を確認したことも、接触してきた理由なのだろうか。

尋ねると、シモンの笑顔が初めて苦笑交じりになった。まだ子供みたいなあどけなさがあるのに、不意に大人びてドキリとする。

「あいつがさ、なんか、あんたのことばっかり伝えてきてうるさいんだ」

「え？」

やっぱり、獣騎士のように心の中で会話を……？

リズは胸がドクドクしてきた。どうして獣が自分のことを伝えているのか気になったが、シモンの苦そうな笑顔の方が気がかりだった。

「会話はできるの……？」

「できる時もあるけど、ほぼ一方的さ」

焦りをこらえて尋ねると、シモンが何かを思い返すような顔つきで、ゆっくり髪をかき上げながら答えた。

容姿が綺麗なせいか、その仕草はどこか大人びて見えた。

「なんか、またがっていると、デカい流れみたいのがガツンッと体というか、頭の中にまで入ってくる」

「流れ？」

「よくわからないうねり、みたいな感じかな。それに映像だとか、単語だとかが乗っていて、すげぇ頭が痛くなる」

それは苦しさも伴うのか、彼が物憂げに緩い襟元を引っ張る。

そこから薄い胸板が見えて、リズはそろりと視線を逃がした。子供同士であったとしても、異性の肌を見るなんてことは少ない。

リズは、相棒騎士と相棒獣の意思の疎通はよくわからない。心の中で言葉を交わしている、というのが彼女のイメージだ。

でも、シモンのそれは〝相棒騎士のする会話〟とは違うと思えた。

相棒獣は、パートナーになった獣騎士を大事にすると思うから。

その獣はほぼ一方的に意志をぶつけて、シモンに苦痛を与え続けている。

「大丈夫なの……？」

心配になって尋ねると、シモンがぴくっと反応した。

「まぁ、ね」

ふいっと顔をそむけて彼が言葉を切る。

大丈夫ではないのだろう。首元を撫でる仕草が、息苦しさを覚えるたびにやっているものだと察した時には、リズは彼の頭にそっと両手をあてていた。

「頭、まだつらいところがある？」

シモンが目を見開いて、ゆっくりこちらを見つめ返してきた。

「こうしていると、少しは痛みが和らいだりするのよ。どう？」

「……痛くなる、なんて言わなきゃよかった」

やや間を置いて、彼はぶかぶかの薄い古着の胸元をぎゅっと握りしめる。

「あら、あなた意外と意地っ張りなの？」

「お姉さん、男ってのは見栄っ張りなもんさ」

　いっちょ前にそんなことを言われた。

　リズは、彼の膨れ面にくすりとした。最初はジェドっぽいと思ったけれど、全然かわいらしい子供だ。

「村の年下の男の子にもね、年を重ねると強がってくる子も出てくるの。でもね、急いで無理に大人ぶらなくても、いいと思うのよ」

「それってさ、こういうふうにされるのを嫌がったり？」

「ふふ、そうね。でもこうしていると頭も温かくなるから、痛いのも減って、気分も落ち着くからみんなおとなしくなるの」

　リズが頭を優しく温めているのを、シモンがじっと見つめる。

「お姉さんは、村の子供の面倒も見てたわけ？」

「みんなで年下の子たちの面倒を見るのよ。私も小さい頃は、村のお姉ちゃんやお兄ちゃんが相手をしてくれたわ」

　だから、リズも自然とそのようになった。そして誰もが、これまで村でがんばってきた物知りな老人たちを大事にした。

「ふうん。そっか」

シモンが、どこか遠い話みたいに相づちを打った。その綺麗な灰青色の目に、ただただリズを映していた。

「お姉さんの手、気持ちいいな」

「そう?」

「うん。なんか、頭の重さが引いていく感じ」

シモンの手が、握られていた胸元から離れる。

「お姉さんって、不思議だね」

やがてリズが手を離し、座りなおしたところでシモンが言った。

「なんかさ、他の人の中にいて、一人だけ色鮮やかみたいに俺の目を引くというか。それもあって、話したいと思ったのかもしれない」

それは、リズも同じだった。

どうして自分の目に、そんなふうに映ったのかはわからない。けれどベン＝ドラッド村の人混みで、初めてシモンを見かけた際に気になって——。

違う。見かける前から、すでに気になっていたのだ。

あの時、ふっと引き寄せられた視線の先にシモンがいた。吹き抜けた風が、まるでリズを呼び止めて『ここにいるよ』と、教えてくれたみたいに。

するとシモンが、姿勢を戻して頭を振った。

「いや、たぶんあいつが伝えてくる影響もあるのかも」

そういえば、獣が自分のことを伝えてくると言っていた。考え込むシモンの横顔を、リズは遠慮がちに覗き込む。

「私のことを、なんと話していたの？」

「話してはこないんだ、ただ伝えてくる」

「伝える？」

「うん。さっき見た時のお姉さんの姿を、ずっと映像で送ってくる。それと『あの娘』だとか『アティーシャ』だとか、断片的に単語を伝えてくるんだ」

……アティーシャ？

聞き覚えのない名前だ。

それもあって、彼はリズに名前を確認してきたようだ。リズとしては、ここまで話してくれたシモンが悪い人には思えなくて、戸惑いも増した。

「あなた、どうして山賊紛いなことをしているの？」

会話が途切れて少し、思わず尋ねてしまった。

「生きるためさ」

シモンが、ちょっと皮肉そうに口角を引き上げる。

「お姉さん、俺ね、居場所がないんだ。どこにもね」

「どこにもって、そんな……」

「ううん、本当のことだよ。死んでしまえと言われて、山に捨てられた。このまま死ぬんだろうなと思っていたら――山の動物たちに助けられたんだ」

それから山での暮らしが始まった。

獣たちが面倒を見てくれて、見よう見真似で生きる手段を身につけた。

けれど人間だから、生きるために金品を奪って衣食を得た。そうしながら町や村沿いの連なる山々を、転々とする生活だった。

「そうしたら一ヶ月と少し前、いきなり山狼の一頭に異変が起こった」

シモンの真剣な切り出しに、リズはハッと気を引きしめた。

それは突然のことだったという。夕刻、今にも降りだしそうな雨雲の下を歩いていると、近くに落雷があった。

すると、どこからか黒い霧が漂ってきた。

山の動物たちが逃げ出して、山狼たちがうなった。そしてその黒い霧が、いきなり一頭の山狼に襲いかかってのみ込んだのだ。

「まさかと思ったよ。生き物みたいに黒い霧が一気に押し寄せてきて——助けに入ろうとした時には、見たこともない大きな獣の姿に変わっていた」

そう語り終えたシモンに、リズはごくりと息をのんだ。

「そ、その時、あなたたちは大丈夫だったの？」

「うん、突然あいつが走り出したからね」

「走り出した？」

リズがきょとんとすると、彼はうなずく。

「俺らなんかには目もくれず、真っすぐ山の傾斜を駆け下りて山道に出たんだ。そこを通っていた人間を、あいつは殺そうとしたんだよ」

「えぇ⁉」

「うん、俺もびっくりしちゃってさ。それで止めに入ったら、言うことを聞いてくれたんだ」

それが、一緒にいることになった始まりだという。

リズは、彼の言うことを獣が聞いたことについて考えた。やっぱり彼には、獣騎士としての素質があるのだろうか……？

「いったいなんの獣なのかは知らないけど、何かが山狼に入ったのはたしかだ。別の魂が入っている感じがする、というか」

どうやら彼は、乗り移った獣が白獣だとは気づいていないみたいだ。

「えっと……何が、がわからないのにそう感じるの？」

「俺、自分で言うのもなんだけど、勘はいいんだ。動物と育ったせいかな」

シモンが笑った。野生の勘のような感覚に驚き、リズは「そうなの……」としか相づちが打てない。

「あいつ、人間をすごく襲いたいみたいでさ。だから『俺は人間から金品を奪うひどいことをしている。人間の敵みたいなもんで、あんたと同じだろ』って、どうにか言いくるめた」

「それで一緒に行動するようになったの……？」

「うん。あいつのおかげで、俺も少し生きやすくなったよ。けど、……あいつに人間を殺さないままでいさせられるかどうかは、自信がない」

ふいっとそらされた彼の横顔が、一瞬考え込む。

どうやら、シモンが獣の殺生を止めてくれていたらしい。金品を奪うのは犯罪とはいえ、リズはますます悪い子だと思えなくなった。

彼の身なりを見る限り、必要以上に奪っている感じもない。お金だって、恐らくは生きるための必要最低限を集めているのだろう。

　その時、シモンの目線がリズへと戻ってきた。

「戦闘獣を扱っている獣騎士団なら、大型獣のことをよく知っている感じだろ？　幽霊とかは専門外だと思うけどさ、何か解決方法があるか調べてみてくれよ」

「え？　幽霊って——あっ、待って！」

「それじゃ、よろしく！」

　リズが呼び止めるのも聞かず、シモンがひょいと木箱から飛び降りた。にこっと笑って、ばいばいと手を振って走り出した。

「あ。そうだ」

　路地を出る直前、彼がぴたっと足を止めて振り返る。

「お姉さん、役所までは、青い看板に沿っていけば戻れるからね。動転して、性質の悪い知らない男についていっちゃだめだよ。危ないからね」

「そっ、そんなことしませんっ」

「どうだかな。お姉さん、ほんと人がよさそうなんだもん。甘いお菓子に誘われても断るんだよ、そういう男って下心ありありだから」

「し、下心だなんて……っ！」

とうとうリズは赤面して絶句する。

少しませたイケメン少年、シモンが「あはは」と笑って去っていった。

◆§◆§◆

それから少し経った頃、リズは役所の一室にいた。

「――なるほどな。そしてシモンという少年は、その山狼の中に入ったナニかが、白獣の亡霊だとは気づいていない、と」

目の前には、黒いオーラを背負って立っているジェドの姿がある。リズはその正面で、正座の真っ最中だった。

怖くて目を合わせられない。

「たしかに、有力な情報だ」

報告を聞き終わってうなずくジェドのそばから、コーマックがなんとも言えない表情で見守っている。

「だが」

「ひぇっ」

　声色が不穏になった直後、ガシリと頭を鷲掴みにされてリズはおののく。

「お前は、なんでそうタイミングよく物事を早く引き寄せるんだ？」

　背を屈めた彼に目を覗き込まれ、リズの口からまた「ひぇ」と細い悲鳴が上がる。

　ジェドは青い目を細め、強い怒気を静かに滲ませていた。

「というか、ホイホイついていくとはどういうことだ、あ？　しかも連れ去った本人から心配されて注意受けてんじゃねぇぞ」

「すみませんでしたあああああっ！」

　後半、ドスの利いた声で言われた台詞に本気の怒りを感じ取って、リズはガタガタ震えながら涙目で謝った。

　でも、頭をギリギリとしている手は離してくれなかった。

「話を聞く程に苛々した。なんだ、そのキザな優男みたいな台詞は？　十五歳のガキのくせに、ついでにお前をナンパしたんじゃないのか？」

「へ？　いやいや、そんな意図はまったくないですよ」

「なんでそう言いきれる？　十五歳でも、男だ」

　リズの頭を解放したジェドが、しゃがんだ。ずいっと顔を寄せられて、リズはたじろぐ。

ジェドの男らしい綺麗な顔が、すぐ目の前にある。

近くからじっくりと見つめられて、じわじわと恥じらいが込み上げた。

「あ、あの、勝手なことをしてすみませんでした。その、カルロたちが見てくれていると思って……私も、団長様たちの役に立ちたかったんです」

上司の許可もなく、動いたことを叱られているのだろう。

部下としてはよくなかった行動だったのかと思って、先程の冒険の意気込みもしゅんっとなり、リズは反省に目を潤ませた。

話を聞くチャンスだった。それは先にジェドにも伝えていた。

でも、まさかこんなに怒られるだなんて――。

「リズ。何か勘違いしているだろ」

その時、ジェドが大きくため息を漏らした。

そのまま頬に手をあてられたリズは、驚いた拍子に涙が引っ込んだ。思慮深い彼の眼差しが、目を覗き込んでくる。

「お前は少し鈍いところがあるから、伝える。俺はお前に怒ってない。入り口にお前の姿がないのを見た時、どんなに心配したかわかるか？」

「あっ……」

彼が部下を大切にしていることは、知っている。

それなのにリズは、一人で行動して心配をかけてしまったのだ。

「お前は、十七歳の女の子なんだ、リズ」

「ご、ごめんなさい。私……」

「お前がいつもがんばっているのは知ってる。今回のことだって、通常ならよくやったと褒めてやれるだろう——でも、俺はとても心配した」

うつむいた頬をなでられる。落ちた春色の髪を耳にかけられて、リズは指先から伝わってくる優しさに胸が詰まった。

「ごめんなさい、団長様。もう勝手にいなくなったりしません」

「いや、俺がそばにいれば済む話だ。お前らしくがんばってくれていい」

「へ？」

「俺も手紙をもらって——改めるまでもなく、とうに覚悟を決めているんだ」

ジェドが手を取り、リズを優しく立ち上がらせた。

手紙って、なんの……？

先日、彼の両親から来た手紙のことなど浮かぶはずもない。唐突な独り言のようにも聞こえたリズは、戸惑いながら彼を見上げた。

するとと見下ろすジェドが、不意にやわらかな苦笑をこぼした。

「いつも突拍子もない行動をやってのけるんだ、今さら驚かないさ。俺が、とことんお前に付き合うことにしよう」

その言葉に、胸の奥がまた温かな鼓動を打った。

やるなとは言わず、リズを肯定してくれている。まるで、ずっとそばにいてくれると言われているみたいだ。

こちらを見つめるジェドの目は、温かに微笑んでいる。

リズは手を離される最後の一瞬まで、彼から目をそらせなかった。

自分の中で、どんどん彼の存在が大きくなるのを感じた。婚約予定という偽りの設定を、事実にしたいと思ってくれているのは本当……？

「たとえ年下だとしても、十五歳なら、リズさんよりも力の強い少年です」

その時、コーマックの吐息交じりの声が聞こえた。ハッと振り返ると、心配したような彼と目が合った。

「僕も、何かあったのではないかととても心配しました。エリーたちの気配もなく、いったいどこへ行ってしまったのかと」

普段、相棒獣の名前を口にしない彼が、『僕の相棒獣』ではなく『エリー』と呼んでいる。

それくらいに心配したのだろう。リズは、再び強い反省心に包まれた。

「団長の言う通り、リズさんは年頃の女性なのですから。たとえ少年だろうと、見知らぬ異性についていくのは危ないですよ」

「うっ、すみません、副団長様……気をつけます」

優しく諭すような言い方だが、説教であると反論の余地もない。

「まぁ、見ていたカルロからも話は聞いたがな」

ふぅとジェドが吐息を漏らした。

「こっちも当時を知る担当官と会うことができた。その男から聞いた内容からも、山に捨てられたのはたしからしい」

改めるように彼はそう言った。

「出生記録にもなかったことから、この町や近隣の村の人間ではなく、どこか別の遠いところで生まれた後、ここに捨てられたのだろうと推測されているようだ」

「そんな……」

当時の担当官は、少年が一人、山に住んでいるらしいとわかった際に対策に乗り出したらしい。

だが、保護しようと少年に接触したところ――。

「『獣が家族？』」

ジェドから聞かされた少年の回答を、リズは繰り返した。

コーマックが「はい」とうなずき、続ける。

「リズさんが今回確認してくれた『シモン』という名の少年ですが、山に捨てられた際に動物たちに助けられたのだと、当時の担当官にも伝えていたようです。だから自分は、山のある場所を伝って暮らしていこう、と」

それが、当時のシモンの、最初で最後の答えだったそうだ。

リズは、それを聞いて胸が苦しくなった。

「……とても、寂しい返答ですね」

幼かった彼に、そんなことを言わせた覚悟が悲しかった。彼は、死んでしまえと言われて捨てられたと語っていた。

保護を断ったのは、山で短く生を終えるため。

こぼれたリズの思いに、ジェドも考え込む顔をした。

「そうだな」

「団長……」

コーマックが、気遣わしげにジェドを見る。

けれど、ジェドの目は悲観に暮れてなどいなかった。上げられた視線は、強さが宿っていた。

「だが、それでもそいつは生き延びた。今も、しっかり生きている――そうだろう？」

確認されたリズは、励まされるのを感じて深くうなずいた。

やっぱりジェドはすごい人だと思った。落ち込んだ心にパワーが戻るのを感じた。

リズだけでなく、コーマックの士気まで戻ったようだ。

「シモン少年が山々を伝って暮らしていたとすると、各町と村での被害が『たびたび』であるという供述もうなずけますね」

早速コーマックが考え、切り出す。

「そして保護で接触した際の件もあって、この町は強い対応に出られなかった、と」

「そうだろうな。語っていた担当官の顔色を見ただろ、申し訳なさがあった」

ジェドが、表情の戻ったコーマックを見て答えた。

「それからまったく予想外なことに、その子供が、たまたま亡霊の目覚めと遭遇した、というわけだ」

それが不運であるのか、獣騎士の素質があった彼だったからこそ幸いだった、と思えばいいのかわからない。

子供に関しての一連を整理すべく口にしたジェド自身も、黙り込んだ。

やがてジェドが、再び口を開く。

「どちらにせよ、このまま抑え続けられないのは感じていたんだろう――相手が亡霊であれ、白獣である以上、俺たちの管轄内だ」

自分たちだけができる仕事。

そうジェドの言葉で改めて気も引き締まり、リズの目にも力が戻った。コーマックと共に背を伸ばす。

「それで、団長。いかがされますか?」

副団長としてコーマックが尋ねた。

ジェドが鷹揚にうなずき、手を払ってこのたびの決定を伝える。

「ベルベネット子爵の別邸に、獣騎士団の一小隊分を招集する。森に潜んでいる『亡霊』――獣に取り憑いた白獣を探し出し、今日中に取り押さえる」

その亡霊の白獣が、借りた肉体で人を襲い殺してしまう前に。

リズは不覚にも見とれてしまった。仕事に真剣な彼の表情は、誠実で、誠意にあふれて、ずっと見ていたい気がするくらいに凛々しかった。

コーマックのように、彼をそばで支え続けたい。

部下や幼なじみとはまた違う立場から、彼のすべてを支えたい。カルロと一緒に過ごした穏やかな夜みたいに、心に寄り添い、隣に居続けてはだめだろうか——。

その時、ノックの音がして我に返った。

ジェドが今になって思い出したように、頭をがりがりとする。

「迎えの馬車だ。話を聞き出すために、内密に調査している旨を明かした。そうしたら村までの馬車を手配されてしまってな」

ベン＝ドラッド村には、獣騎士団であることをもう知られている。

それでも、騎獣で戻ればまた騒がしくしてしまうだろう。それを配慮してくれたのだとか。

「いったん、馬車でベルベネット子爵邸に戻る。それから獣騎士団に知らせを出す」

一番早い連絡手段を、ベルベネット子爵が持っている。そして森の木々に囲まれた彼の別邸は、戦闘獣の着地場所として申し分ない。

「カルロと、それからエリーは……？」

役所員の案内で部屋を出たタイミングで、リズは共に移動する彼らを気にしてこそっと尋ねた。

獣騎士が、相棒獣になった折につけて心の中で呼ぶ名前だ。それは獣騎士にとっても特別なものだと思っているから、遠慮がちに『エリー』と口にした。

すると、コーマックが肩越しに振り返ってにこっと微笑んだ。

「大丈夫ですよ。エリーも、きっと名前を呼ばれれば喜びます。団長が普段からカルロの名前を呼んでいるので、僕も最近はよく呼んでしまいます」

リズが気にしなくてもいいように、そう言ってくれているのだろう。

優しく笑った目からも、コーマックの思いやりが存分に伝わってきて、リズはじーんっと感動した。

さすがは獣騎士団の『理想の上司ナンバー2』だ。

優しさで言えば、裏表もない彼こそが、本当の意味での〝ナンバー1〟なのだけれど……と思った時だった。

ジェドに肩を抱かれて、まるで恋人みたいな距離感で引き寄せられ、リズは歩くコーマックから引き離された。

「何か言いたそうだな、リズ」

「ひぇっ、な、なんでもありません！」

リズは慌てて答えた。恥ずかしくなって咄嗟に突っぱねるものの、ジェドの腕から逃げられない。

コーマックが軽く苦笑を浮かべた。

「団長、心が狭いですよ」

「ちょっとした息抜きだ、見逃せ」

「私は全然心が休まらないんですけど⁉」

しれっとジェドが答えた途端、リズは隣から悲鳴を上げた。

先頭を歩く役所員の男が、気になった様子でちらりと盗み見る。そんな騒がしさの中、コーマックは先のリズの質問に律儀に答える。

「カルロとエリーなら、僕らが乗った馬車についてくるよう伝えてもありますから、心配はいらないですよ」

役所を出たのち、正面玄関に用意されていた馬車に乗り込んだ。

向かい側にジェドとコーマック、リズは座席を一人で使った。座った途端、疲労感が込み上げて体がくたっとする。

部屋を出る前、何か大切なことを掴みかけたような気がした。

けれど、よく思い出せない。シモンのこと、白獣だと判明した亡霊のこと、これからの獣騎士団のこと……頭の中はいっぱいだ。

思えば早朝から、怒涛のようにいろいろと続いた。

馬車が走り出すと、心地よい揺れにまぶたが重くなってきた。起きていなくてはと思った直後、ふとジェドが言っていた言葉が脳裏をよぎった。

『ちょっとした息抜きだ』

それなら、今がそうなのかもしれない。

別邸に戻ったら、仮眠を取る暇はないだろう。なら、このタイミングで少し休憩しようと思った。もう、とにかく眠い。

リズは、背もたれに少し寄りかかった。目を閉じて間もなく意識が沈んだ。

走り出した馬車は、程なくしてギヴォットの町を出た。
降り始めた通り雨は、その間に本格的な大雨になっていた。車窓の風景は、白く染まった町並みから、雨を受ける緑の木々へと変わる。
それを、ジェドは向かいの座席に移動して眺めていた。

席を変えた彼は、今、眠ったリズに膝を貸していた。反対側の席に残ったコーマックが、のちの書類作成のためメモ帳に記録をつけている。

どうやらリズは、気を張って疲れたようだ。

乗車して少しもしないうちに、通り雨を目にすることもなく眠ってしまったのである。

「まったく。……慣れないことをするからだ、馬鹿」

ジェドはささやき、リズの春を思わせる髪に手を添える。

いつもだったら、控えめながらぽんっと叩いていただろう。だが、なでるその仕草はとても優しい。

いつも突飛なところで行動力を起こすリズ。

彼女の寝顔へ目線を戻し、そんなことを思い返すジェドの目は穏やかだ。その青い瞳にリズを映し続ける。

彼女のやわらかな髪は、触れるたび手になじみ、離しがたくなる。

起きている時だったら、こんなにもおとなしく触らせてくれないから。

鈍く揺れる馬車の振動音。雨音も鈍く遮られ、ここだけ時間がゆっくり流れている気がした。

自分の膝枕で安心して眠る彼女が、ただただ愛おしい。

――役所に向かう時、つないだ手の温もりがまだ離れないでいた。

リズがはぐれてしまうのは心配だったし、かといって恋人みたいに腕を取ってはくれないだろう。

だから、せめてと思って手をつないだ。

そうしたら、彼女は手をつないだままでいたがってくれたのだ。

あの時、リズはジェドの手をかわいらしく握ってくれて、自分から離そうとはしなかった。

これまでも、とても信頼されているのを感じていた。

でも、まさか恋人つなぎを彼女自身から所望されるなんて、思ってもいなかった。

『リズは、俺に手を握っていてもらいたいのか？』

思わず余裕の台詞なんて出てこない程、ジェドはうれしかった。

その直前に、まだ恋も知らないリズが、真っ赤になって慌てている姿はたまらなかった。

かわいすぎるだろ、とジェドは思って顔が熱くなった。通行のド真ん中、かまわず抱きしめたくなってしまったのを、ぐっとこらえた。

『俺は――ふりではなく、本物の関係にしたいよ』

この前の夜、愛おしさが勝って思いを止められなかった。

心を許し始めてくれているリズを前にしたら、気持ちがあふれ、つい今の関係を本物にしたいと口走ってしまった。

初心（うぶ）なリズに、まだ心構えなどできていないと知っていたのに……。

一人の男として意識してくれたのはうれしい。でも、意識しすぎて言葉も交わせないのは、寂しくて。

だからあの夜、彼女の答えから逃げるようにジェドは意識をそらした。

こんなにも自分が慎重になっているだなんて、これまでのジェドからは考えられないことだった。

いつもずっと、ジェドはリズのことばかり考えている。

「ったく、のんきなもんだな」

――好きだ。君が、好きだ。

そんな言葉を隠して、ジェドはかわいげのない言葉を口にした。さらりと髪を横になですくと、リズの寝顔をじっくり見つめる。

その表情は、とてもあどけない。

小さな呼吸を漏らす唇に、つい目が吸い寄せられた。

このまま、口づけしてしまってはいけないだろうか……と、そんなよこしまな思いがよぎる。

ジェドは自分の唇で、彼女の呼吸音を遮ることを想像した。

彼女の唇は、きっと熟れた果実みたいにとてもやわらかくて、しっとりと湿っている吐息さえも甘美だろう。

「リズさんには、少し無理をさせてしまったところもあるんでしょうね」

コーマックの声が聞こえて、ジェドはさりげなくなでる手の動きを戻す。

先程からずっと、体の奥は満たされない熱が疼いて仕方がない。だが幼なじみの彼の存在が、ジェドをどうにか踏みとどまらせてくれていた。

「そうだな」

そっけなく答えると、コーマックが小さく笑う。

「非戦闘員なのに、獣騎士団の一員として本当にがんばっていますよね。うちは、今やリズさんなしでは回らないです」

「年中人員不足だというのに、リズだけで三人力だな」

「はい。たまに相棒獣たちの方も見てくれるので、助かっています」

「そのたび、カルロが少し嫉妬するんだけどな。よく俺が文句を言われる」

「それくらいは我慢してください。団長と似たようなもんでしょ」

そこで互いに顔を見合わせた。

途端に真面目な表情も崩れて、ジェドとコーマックは「くくっ」「ふふ」と、それぞれ素の表情で笑いをこぼした。

二人でいる時は、幼なじみ。一番気が楽な相手同士だった。

通り雨が、ひどさを増した。先程よりも粒を大きくして、車窓を容赦なく激しく叩き始めた。

まるで、自分たちの存在を隠してくれているみたいだ。

世界が一時目をつむってくれている状態であるというのなら、今、彼女とキスを交わしてしまってはいけないだろうか？

またしてもジェドは、リズへ目を移してそんなことを思った。

ただの夢だよと言いくるめて、彼女と深く口づけし合う。他には触れないから、キスで愛させてほしい。

それくらいに、ジェドは限界に近かった。

両親からの手紙で、結婚の話などが書かれていた。それを読んで、想像せずにいられようか。

彼女と婚約して、共に結婚の準備を進め――王都で式を挙げて夫婦になる。

それを強く望まれて、余裕がなくて。

だから先日の夜、思わず本音の言葉の一つがこぼれてしまったのだ。

「ずっと、こうしていられればいいのにな」

雨音で、きっとコーマックには聞こえていない。ジェドはリズを見下ろして、ぽつりと言葉を漏らした。

ここにいるのは、信頼している幼なじみだけ。

少しだけ目をつむってもらって、彼女とキスしてしまおうか？

ジェドはなでる手を、リズの頬へとすべらせた。寝顔に引き寄せられて、顔をゆっくりと近づける。

大粒の雨音が聞こえる。

頭をなでられる気持ちよさにまどろんでいたリズは、それが『土砂降りだ』とようやく気づいた途端、ハッとした。

「きゃあああっ⁉　カルロが濡れちゃう！」

思わずガバリと起きたリズの頭が、ジェドの顎にクリーンヒットした。

ゴッチンと大きな音が上がった。

「うぐっ」

衝撃を受けた直後、上からそんな男の呻きが聞こえた。

気のせいでなければ、ジェドの声だった。でも痛くて、リズもしばらく頭を押さえて呻いていた。

気づいたコーマックが、向かいの席から慌てて言ってくる。

「ちょ、君たち何をやっているんですかっ」

「わ、私も、何がなんだか……」

痛みをこらえながらどうにか答えたリズは、そこに顎を押さえているジェドの姿を見て驚愕した。

も、もしかして……寝過ごした上、頭突きをかました⁉

「す、すすすすみません団長様！」

「いや、いい。……天罰があたった気がする」

「へ？」

そこでリズは、ハタと近くにいる彼を認識した。いつの間に移動したのか、触れられる距離にジェドがいる。

なんで、どうして彼がこっちにいるの？

じわじわと顔が熱くなってきた。するとコーマックが、リズの不安を解消するように教えてきた。

「カルロたちは大丈夫ですよ。それに、少しの通り雨ですから」

「でも、こんなに降っているのに」

「大丈夫だ。このくらいの雨なら、問題ない」

顎をこするジェドが、元の向かい側の座席へと戻った。

コーマックが言った通り、間もなく雨は弱くなっていった。でもリズは、カルロたちが気になって仕方がなかった。

ようやく別邸に到着した時には、雨は上がってしまっていた。

けれど下車したリズは、もどかしい思いで馬車が去っていくのを待つ。

「それじゃあ私っ、先に見てきます！」

「あっ、おいリズ！」

リズは、ジェドの声も振りきって走り出した。その様子をずっと見ていたのか、カルロたちの方からやって来た。

森をめがけて走った直後、リズの前にドシャッと水をはねて着地する。その二頭を見て彼女は短い悲鳴を上げた。

「カルロ！　ああっ、それにエリーもびしょびしょに……っ！」

名前を聞いても『メス？　それともオス？』と、いまだどちらかわからない優雅で美麗なエリーも、長い毛並みがぐっしょりだった。

すると、カルロがしかめ面を強めた。気のせいか、それはジェドが「あ？」と言う時の表情にそっくりだ。

「ふんっ」

鼻息を鳴らしたカルロが、濡れた地面に爪でガリガリと書く。

【落ち着け。心配いらない】

「で、でも、早く乾かさないと風邪を引いてしまうわ」

【だから、大丈夫だと言ってる】

まるでジェドみたいな言い方で、カルロが筆談する。エリーが、ちょっと困ったように優しく目を細める。

【少し、離れろ】

カルロが、また地面にガリガリと掘った。

リズは不思議に思いながらも従った。するとカルロとエリーが、ほぼ同時にぶるるる！と激しく身震いした。

水気が飛んできて、リズは腕で身をかばった。

だが直後、二頭の毛がぼふんっとするのが見えて、もっふもっふになった姿をポカンと見つめた。

すごくもふもふだ……しかも、かなり水気が飛んでしまっている！

「まぁ」

リズは、遅れて目を丸くした。

次第にその赤紫色（グレープガーネット）の目が見開かれ、感激した様子でキラキラと輝いていく。それを、何やら予期した顔でジェドとコーマックがじっと観察していた。

屋敷から出てきたベルベネット子爵が、執事に止められて、

「え、これどんな状況？」

ニヤけた顔でそう言った。

その時、リズの興奮が爆発した。頬を恋する乙女のごとく上気させ、満面の笑みのかわいらしい表情で手を握る。

「すっ、素敵すぎる！　このままブラッシングしたい——うわっ」

「そんな時間ない。今は我慢しろ」

ジェドが、すかさずリズの後ろ襟をつかまえて屋敷へと連行する。

すっかり白獣重視の立派な獣騎士団員だ。苦笑しつつつぶやいたコーマックが、カルロとエリーと一緒に後に続いた。

◆§◆§◆

いったん、人払いがされたサロンでカルロたちの世話にあたった。乾かしている間に、ベルベネット子爵が獣騎士団へ伝書鷲を飛ばしてくれた。

「ほぉ。獣騎士がそばにいれば、この距離でも大丈夫なんですねぇ」

「まぁな」

サロンの中央、テーブル席のソファでくつろぐベルベネット子爵に、同じく紅茶休憩に入ったジェドが答えた。

「こんなに近くで拝見したのは初めてです。ふふ、優雅なものですねぇ」

ベルベネット子爵は、大きな窓の手前でようやく落ち着いたカルロたちを、興味深そうに眺めていた。ずっと見飽きない様子だ。

タイミングを見計らって淹れてもらえたので、紅茶は温かい。

ほんのりと優雅な花の香りも漂っている。リズは向かい合った長ソファの間の、一人掛け用ソファでホッと一息つけた。

外は濡れているからと、カルロたちをいったんサロンへ入室させてもらえたのだ。

その配慮には感謝しかなく、改めてお礼を述べてしまう。

「子爵様、カルロたちもありがとうございます」

「いえいえ、別室に隔離してしまったら、君が心配しそうでしたからね。私は女性の顔を曇らせることは、しない男です」

にっこりと、ベルベネット子爵が美しい笑みを浮かべる。

困ったコーマックの苦笑いの隣で、ジェドが鼻白んだ。

「うさんくさい顔だ」

「団長様……」

言いすぎだと思って、リズは思わずつぶやいた。

「ふふふ。いえ、いいんですよ、よく言われます」

「え」

「それと、私は白獣を近くで拝見したかった」

ベルベネット子爵の笑った目が、再びカルロとエリーの方へ向いた。ジェドが目ざとく注意する。

「そっちが本音だろ。言っておくが、近づくなよ」

「わかっていますよ。白獣は、人によっては相棒騎士がいても牙をむくのでしょう？好き嫌いがあるみたいですね」

ベルベネット子爵は、くすくす笑いながら軽い調子で答えた。

わかっているのかいないのか、不明な人だ。でもリズは、あえて言うのなら、それはいいようにも思えた。

リズの村の女の子たちみたいに、獣騎士自身と距離を取る人だっている。近づかないけれど味方して、好意的に場所を貸してくれる人もいる。

だからベルベネット子爵みたいに、怖がらず『大好きです』と正面から来る風変わりな人がいても、いていい気がした。

「それにしても、亡霊の正体は白獣だった、と——これは、いよいよ面白くなりそうですね」

ティーカップを置いたベルベネット子爵が、鼻歌を歌いながら機嫌よく思案を口にした。

途端に、ジェドがあきれた様子でため息を漏らす。

「子爵。まだ死傷者が出ていないとはいえ、人や家屋に被害は出ている」

「死者も重傷者もいない、これは喜ぶべきですよ。ああ、彼らの治療費や修繕費、その他にかかる費用や援助金はすべて私が保障していますから、ご安心を」

抜け目ない。

にっこりと笑ったベルベネット子爵を、リズたちは見つめる。

「私はね、獣騎士団とその領主の、希有な歴史的出来事を目にできて、よかったと思いますよ」

演技臭く告げられたジェドが、ふうんとティーカップに口をつける。

「歴史的、ね」

少しの思案ののち、ジェドが言った。

ベルベネット子爵が「そうです」とうなずく。

「生きていない野生の白獣が〝肉体を得てよみがえった〟だなんて、これまでになかった初めてのことが起こったのですから」

気持ちが高ぶったのか、ベルベネット子爵が立ち上がる。

カルロたちが、ぴくっと耳を立ててわずかに反応する。反射的に警戒してしまったようだ。

いちいち全部が演技がかっていて、リズたちは呆気にとられた。

「ひとまず座れ」

ジェドが額に手を押しあて、はぁと深いため息をこぼして言った。

「これと、今後も付き合うと思ったら、心底嫌になってきた」

「まぁまぁ団長、そう言わず……」

貴族間の付き合いとしては、関われない可能性の方が難しい。声をかけたコーマックも、それ以上は言えなさそうだった。

「ふっふっふ。亡霊、ですか。いったいなんの因果があるのでしょうねぇ」

くつくつ肩を揺らしたベルベネット子爵が、実に楽しそうに着席する。

「白獣が、亡霊となる程までに抱えた恨み。そして、なぜ今になってこの地でよみがえったのか。どれも理由はわかりませんが、歴史は長い。きっと、何かしら意味があるのだろうとは思います」

「何かしらの意味、ですか……？」

「たとえば、この地で恨む程の未練や悔いを残して死んでいった、とかね」

尋ねたリズに、ベルベネット子爵がお茶目にウインクして言った。

「まさか、そんな」

「ただのたとえ話ですよ」

にっこりとベルベネット子爵は微笑む。

「白獣が群れを外れて、グレインベルトからこんな遠い地まで来るなんてこと、ないでしょう?」

たしかにその通りだ。

でも一瞬、リズは大きな白い獣が一頭だけ、必死に走り続けている光景が頭に浮かんだのだ。

どうしてかわからない。そんな夢を見たような、見なかったような……そう思っている間に、ベルベネット子爵の声がした。

「遠い昔に終わったはずの一頭。その白獣の恨みが、ここにきてようやく幕を下ろすことになるのでしょう。そうすると、ここにいる我々は、その歴史的な目撃者の一人になるわけです」

向こうで聞き耳を立てているカルロが、寝そべりつつ片目を開けて見ている。

「ですから私は、その場に居合わせることができたのは光栄ではないか、と、考えるわけです」

ベルベネット子爵の言い分には、不思議な説得力があった。

――グレインベルトと白獣の、長い歴史。

それは気の遠くなるような大昔からの話であると、リズは先日にニコラス殿下たちから聞かされて感じてもいた。

「なるほど。楽観的だな」

「言ったでしょう、私は好奇心が強い男なんですよ」

嘆息したジェドに、ベルベネット子爵はあっけらかんと答える。

人間に、絶対懐かない白獣。

大昔、彼らは『荒ぶる神の番犬』として恐れられていた。

人間の敵だった白獣を、初代グレイソン伯爵が、共に戦っていくと約束して今の関係を築き上げた。

「でも、不思議ですよね。白獣は、必ずその〝約束〟のもと、グレイソン伯爵の言葉に聞き従う」

ベルベネット子爵が、リズたちを見て余裕たっぷりに微笑んだ。

「そこにも私は、好奇心をつつかれます。実に面白い」

「面白い……？」

リズが小首をかしげると、微笑ましげにベルベネット子爵が動きを真似た。そばで拳を振り上げかけたジェドを、コーマックが止める。

「それはまさに、白獣が高い知能を持ち合わせている証拠だと思うのです。彼らは我々人間と同じく、先に生まれた白獣から歴史を継承しているから――と、私は考えるわけです」

リズは、ベルベネット子爵の考察に感心した。

そうでなければ、白獣たちは『グレイソン伯爵』を知らないままだろう。若い白獣一頭でさえ、町に縦横無尽に下りてきて騒がせることもしていない。

と、そこでベルベネット子爵がジェドを見た。

「どうなんですかね、グレイソン伯爵？　おや、拳を固めてどうしました？」

「なんでもない」

ジェドが力を抜いて、足を組みなおした。

そのそばで、コーマックが一難去った様子で額の汗を拭う。何やら静かな一悶着があったのを察したリズは、無言で合掌した。

向こうにいる彼の相棒獣が、思う表情を浮かべて見守っている。

それに対して、カルロは組んだ前足に顎をのせ知らんぷりだ。

「その可能性はあると思う。白獣は血で理解しているというより、俺は理性でわかっている と思っている」

「ほぉ。つまり大人の白獣から、子の白獣へ歴史が伝えられていると？」

「そうでなければ、説明がつかないことも多い」

ジェドは、しぶしぶ同意見であるのを認めた。

それに対してベルベネット子爵は満足げだった。うんうんとうなずくと、うっとりと息を漏らしてティーカップを手に取る。

「グレイソン伯爵から、じかにお話を聞けて光栄ですよ。なんとも素晴らしい」

紅茶を少し味わったところで、彼の目が隙のない輝きを宿して笑む。

「気になるのは、『アティーシャ』という名ですね」

ふむと彼は顎を指先でなぞる。

「それを亡霊が少年に伝えている、というお話でしたが。はて、かなり古い響きの地方名のように思えます」

「俺も気になったが、記憶を思い返しても覚えがない」

ジェドが、ゆっくりと首を左右に振った。

「そうですか……。副団長様はどうですか？　幼なじみでもあるとのことですので、前獣騎士団長や、過去に伯爵邸の出入りの中で聞いた覚えは？」

「いえ。僕もいろいろと話を聞いてきましたが、まったく」

「ふうむ。それはまた、不思議で面白いですね」

面白い、という感想とは裏腹に、ベルベネット子爵が初めて真面目な顔で、組んだ足の上で指をトントンと叩く。

そうしていると、二人よりずいぶん年上の男性感が漂う。

リズが感心しきりで見守っていると、彼が再び口を開く。

「白獣が知っているというくらいですから、伯爵家か、それとも獣騎士団、もしくは元の獣戦士団に関わる女性名だったのでしょうかねぇ」

「俺が知る限りでは、リズが獣騎士団で初めての女性団員だ」

キパッとジェドが答えた。

その時、ベルベネット子爵が表情を戻した。自然を感じ取った彼が「おや？」とのんびり笑顔を浮かべて、リズを見る。

「どうかされましたか？」

「いえ。ベルベネット子爵様って、すごいなぁと思いまして」

「ははは、君は素直ですね。そして、うらやましがってもいるみたいだ」

言いあてられて、リズは少し恥ずかしくなった。

彼みたいに、ジェドやコーマックの力になれたらとちらりと思った。でも、なんでわかるんだろう？

「全部顔に出ているからですよ」

「えっ」

「それから、君みたいな心が真っ白な子は、すべて目に出るものです」

ティーカップの中の揺らしを最小限に、彼が足を組み替える。その優雅な仕草は、軍人でもあるジェドとはまた違った、やわらかな品にあふれていた。

「でもね、私のように知恵も働く目ざとい人間ではなく、君のような純心な目で物事を見る人間も、とても必要なんですよ」

ベルベネット子爵は、しっかりとした声で言う。

「それが、時には、何者かの大きな救いになったりします」

何者かの。

その言葉が、なぜかリズの心に深く響いた。自分にもできることがあると、ベルベネット子爵は説いてくれているのだ。

目線を移すと、話が一段落したと言わんばかりに紅茶を飲むジェドとコーマックがいた。彼らの口元には、笑みが浮かんでいる。
それは、ベルベネット子爵の言葉を静かに優しく肯定してくれていた。
こんな平凡で非力な私にも、何かできることがあるとしたのなら――。
そうであるといいなと、リズは思った。

五章　獣騎士団と亡霊

通り雨の雲は、一刻もしないうちに上空から消えた。

紅茶休憩を終えたのち、リズたちは獣騎士団の制服に身を包んだ。ジェドとコーマックも、獣騎士の特徴的なロングジャケットの軍服を着込み、腰には剣を差す。

そして予定時刻、屋敷前の広いスペースに出た。

ベルベネット子爵が、別邸の二階から双眼鏡を構えてワクワクとスタンバイしている。執事と全使用人たちも同じだった。

彼の元には、同じ感覚の人たちが集まっているみたいだ。

リズは、気になって何度も見てしまっていた。しかしそんな時間も、カルロたちの反応で終わる。

獣騎士団の強みの一つは、その機動力の速さだ。

東の空から、獣騎士団の小隊が飛来してきた。先頭の戦闘獣に騎獣し、獣騎士たちを率いているのはトナーだった。

「獣騎士第三小隊、および小隊長トナー参上しました」

トナーが、ぴしりと軍式の作法で敬礼をした。着地した獣騎士たちが、相棒獣を後ろにその動作を揃える。

……別邸の二階から、何やら歓声が聞こえたけれどひとまず無視だ。

何か言いたくてたまらないようなコーマックに倣って、リズも口を引き結んで、そちらは見ないようにしていた。

「事情は、指令書で伝えた通りだ。まずは迅速に、獣に乗り移った白獣の〝亡霊〟を取り押さえる」

ジェドが、静かに厳格な雰囲気をまとってそう告げた。

謎の獣の原因になっているのが、白獣の亡霊だとわかった。そこで獣騎士団が本格的に出動することになったのだ。

敬礼を解く許可をもらったトナーが、いつもの雰囲気に戻して言う。

「さすがに亡霊相手だと、どう対応したもんかと戸惑いますね」

「その亡霊は実在している。俺が見た限り、人も乗せられれば物にもぶちあたる。その体を押さえ込めばいいはずだ」

「たしか、獣の肉体を使っている状態、でしたっけ？」

「リズが聞き出した話によると、山狼であるらしい。このあたりの狼は、小型に分類されていて中型犬より少し大きい程度だ」

　それに亡霊が憑依したことにより、大きな獣となった。

　獣騎士たちは、にわかに信じられない様子だった。けれど、現状だと『体の方を押さえる』という作戦は正しい。

「まぁ、それ以外に方法もないでしょうね」

　獣騎士たちが納得の空気を漂わせる中、トナーがうなずく。

「ただ、白獣相手というのが気がかりですね」

「同じ戦闘獣だからな。だから、一番動けるお前の小隊を呼んだ。……白獣であれば意思の疎通も可能だ。説得に応じてくれると、いいんだがな」

　それが、一番望ましい解決策だ。

　しかし遭遇した際のことを思えば、説得は難しいだろうとも想定していた。

　物憂げな顔で黙り込んでいたジェドが、トナーたちの待つ視線に気づいて視線を上げた。強い眼差しで確認する。

「同時に優先事項として、少年の保護だ」

「保護？」

　リズは疑問の声を上げてしまった。

「あの少年は、〝相棒〟だ。教えられてもいないのに獣に乗って飛行もできるくらい、獣騎士としての素質を持っている」

それは、リズも目の当たりにしていたから知っている。

「でも、どうして保護だなんて」

言いかけて、言葉をのんだ。

こちらを見ているトナーたちの目には緊張感があった。そして、ジェドも、コーマックも真剣な表情だった。

「とくに今回、相手が通常の白獣ではなく、怨念でよみがえった亡霊である以上――最悪の結果になる前に、少年をその獣から引き離す」

最悪の結果？

するとコーマックが、わからないリズに教えてくる。

「リズさん、本来、獣騎士と相棒獣は〝対等〟でなければならないんです」

「対等……」

それは、今のシモンと亡霊には合致しない言葉だった。

厳しい現実を突きつけられたように言葉が詰まる。リズの表情が変わったのを見て、ジェドが「そうだ」と言った。

「獣騎士と戦闘獣は、相棒同士で互いを高め合い、支え合う。負担も半々。どちらかに傾くような状況を、強いることになってはならない」

その通りだと、トナーたちの真面目な顔もリズにそう伝えてきた。

白獣は相棒騎士がいれば、魔力をつなげて、自分の身体能力を最大限まで引き出し飛行することまでできる。

けれど、保有している魔力量や潜在能力などは個体差があった。

相手となる獣騎士も同じだ。ジェドが長らく相棒が見つからなかったのは、引き出す能力が高すぎることが、白獣に負担になったから。

――シモンの場合は、その逆なのだ。

「戦闘獣が、相棒騎士にと相手を探すのは相性だけじゃない。……相手のことを考えるからこそ〝慎重に選んでくれる〟ところもある」

何もわからないまま、魔力をつなげて騎獣している十五歳のシモン。

リズは、彼の顔色が悪かったことを思い出す。とても苦しそうにしていて――。

『デカい流れみたいのがガツンッと体というか、頭の中にまで入ってくる』

『すげぇ頭が痛くなる』

もし騎獣しているその獣の方に、相手への尊厳も、相棒としての思いもなかったとしたら？

想像してリズはゾッとした。

相手の亡霊は、恐らく普通の獣騎士が扱うのも難しい強い白獣だ。対するシモンは、訓練の一つだって積んでいない〝相棒〟なのである。

両者のバランスが少しでも崩れれば、必ず負担となる。

——そして、その比率が大きく開く程危険なのだと想像できた。

◆§◆§◆

ジェドから行動開始の号令が放たれた直後、獣騎士たちは騎獣で一斉にベルベネット子爵別邸を飛び立った。

戦闘獣が白い大きな体を躍らせて、午後の日差しも和らぎだした空を背景に、山の上を飛行する。

リズを前に乗せ、カルロに騎獣したジェドが先頭を飛ぶ。

「亡霊だが、魔力もいっちょ前らしいな」

眼下の山を見下ろしたジェドが、忌々しく舌打ちする。カルロと心の中で会話があったのだろう。

「昼間は『寝ている』ことも多いというが、魔力が動いていて、少年の方のにおいまでかき消されているらしい」

「マジっすか。こちらでも察知できないのは、魔力のせいですか」

近くまで移動してきた獣騎士の一人が、相棒獣の上で気の抜けた息を吐いた。

「とんでもねぇっすね。そんな白獣、存在するんですか？」

「よくわからん亡霊現象だしなぁ。俺の相棒獣も、まるで獣のにおいさえしないって言ってる。よく鼻が利く方なんだけどな」

「君の相棒獣もだめだったか。俺の方も無理だった」

トナーが答え、コーマックへ目を向けた。

「副団長の方もですか？」

「初めに亡霊に遭遇した時にも、そうでした。見失った時は、どうにかカルロが脚力で見つけ出したらしいです」

「カルロ、力技でいったのか？　そりゃすげぇな」

ひゅーと獣騎士が口笛を拭く。

気づいたジェドが、ちらりと部下たちを睨みつけた。

「無駄口を叩くな。ったく、自由な奴らだ」

「すみません。上空にいたら、団長殴りにこれないかなって——いてっ」

カルロが急降下して、擦れ違いざまその獣騎士の頭を前足で軽く踏んだ。

一瞬、ぐらりとしたリズは「きゃっ」とジェドの腕にしがみついた。

「カルロ、よくやった」

「よ、よくやったじゃないですよ団長様！」

リズは、心臓に悪くて言った。

相手の獣騎士も同じだった。ドクドクしている胸を押さえている彼のそばから、別の獣騎士が相棒獣を近くへと寄せてきた。

「そうですよ団長っ、俺ら、こう見えて団長と一緒に普通に飛行できるのを喜んでもいるのに——いって！」

もう一度、カルロが今度はその獣騎士の頭を器用に踏んだ。

リズはまたびっくりした。彼女の腹に腕を回して抱いているジェドは、照れ隠しみたいなしかめ面だ。

「そんなの知ってる。いちいち言ってくれるな」

ふんっとジェドが言った。その鼻を慣らす感じは、どこかカルロを思わせた。

すべてを見ていたコーマックは、もう愛想笑いも引きつっていた。エリーも、カルロに何か言いたげだった。

少し進んだところで、ジェドが片手で合図を出した。

獣騎士団は、いったん安定飛行に入る。

「できれば、亡霊が動いていない間に、先に少年の方を説得して保護したい考えだったが……甘かったか」

「まったく見当がつきませんね」

「ああ。何か、目印でもあれば楽だったんだがな」

下に見える山を、ジェドが睨みつけるように見つめる。

リズは、シモンを思い出して緊張に胸が痛んだ。このまま発見が遅れて、彼らの言う『最悪なこと』になったりしたら？

どうか無事で見つかってほしい。

そんな思いで、リズも眼下を食い入るように見渡した。

山の木々は、夏に向けて葉を茂らせて濃く色づいている。目を凝らしても、動物一匹見つけられる気がしない。

もし取り返しのつかないことになったら……不安が強まり、あの時がシモンとの最後の会話になる想像が脳裏をよぎった。

そんなことになったら、きっと一番悔やむのはジェドだ。

自分の相棒がいなかった時も、部下や周りに弱みを見せなかった、とても人や獣のことを考えている人。

きっとジェドは、耐え忍んで一人後悔にさいなまれるのだろう。

そんな光景が想像された途端、リズは居ても立ってもいられない気持ちになった。

——この人の心まで、傷つけたくない。

支えたい。そんなたしかな思いを胸に、リズはギリギリまで頭を出し、眼下の山々をかぶりつくように見た。

高いところは、まだ怖い。

でも、カルロが、そして団長様がいてくれる。だから必死に目を凝らした。

「お願い。どうか、彼を見つけさせて」

山につぶやいたとしても、応えてくれるはずがない。それでも祈るような言葉を口にせずにいられなかった。

「リズ……」

ジェドが、必死なリズの横顔に唇を引き結んだ。止めようとしていた手を、彼女をしっかりと支えるために動かした。

より強く支えてきた腕に気づいて、リズはハッと目を向けた。

「リズ、俺も全力で探すから。だから泣くな」

「団長様」

「なっ、泣いてなんかいませんっ」

先の不安を考えてしまったからだろう。潤んでしまった自分の目を、リズは慌ててごしごしとこすった。

今は、最悪な未来を想像するべきじゃない。

リズは獣騎士団長の直属の部下として、覚悟を決めた目を下の風景へと戻す。

「私、がんばります。団長様のためにも、みなさんのためにも。絶対に悪い未来なんて押しのけるように見つけ出しますから」

コーマックやトナーたちは、気が引き締まった表情をしていた。その最後のリズの言葉を聞いた途端、彼らの雰囲気は団結を増した。

「リズさん、みんなで一緒に見つけ出しましょう」

コーマックがそう言うと、トナーも相棒獣の首元を鼓舞するようになでながら、片手で拳を掲げた。

「こうなったら最速で飛ばして、しらみつぶしにでも探してやりましょう！」

「俺の相棒獣も、リズちゃんのおかげでやる気十分です！」

「団長、今すぐ単独捜索の許可をください！」

「みんなでやれば、一つの山だって短時間で全部確認できます！」

一気に騒がしくなった時、ジェドがハッと右手を上げた。

「待て！」

「へ？」

「どうしたんですか団、ちょ……」

トナーの声が、リズたちと一緒に、彼の視線の先を追って途切れる。

そこには、まるで応えるような木々のざわめきがあった。

山の木々が先程より騒いでいた。連なる山々の吹き抜けから発生したものなのか、不自然に一つの山にだけ強く風が吹いている。

全員が、つい固唾をのんで見守ってしまっていた。

神聖な山々の息吹のごとく、それが一つの山を騒がせる。この葉が強く揺れて、その刹那(せつな)、自然にはないわずかな色をリズの視覚が捉えた。

――ここだよ、と、教えられているみたいに視線が引きつけられた。

「いた！　団長様っ、あそこです！」

リズは、茂った木々の葉の間から灰色（アッシュ）の髪を指差して叫んだ。

体のこわばりが解けたみたいに、ジェドが弾かれるようにその場所に目を留め、動き出した。

「少年らしき者を発見した！　ついてこい！」

「了解です団長！」

カルロが素早く降下に入り、コーマックが相棒獣を動かした。トナーたちも次々に声を上げて続く。

「団長たちに続け！」

「自然が巻き起こす偶然には救われたな」

「ああ、まったくだぜ！」

「タイミングがよかったんだろうな。ニコラス殿下の時も、たまたま発覚して暗殺計画を阻止できたしな」

相棒獣にまたがった獣騎士たちが、ジェドを追って共に山へと突っ込む。

戦闘獣は木々の広がる枝を俊敏に避け、地面に降り立った。

一番に着地した次の瞬間、カルロが弾丸のように飛び出し疾走を開始した。生えている木々が猛スピードで迫り、それを俊敏に避けていく。

飛行時と違い、陸上での走行は激しく揺れた。

リズは、振り落とされないようしがみついていた。ジェトがかばうように後ろから抱きしめて支えてくれている。

「少年には突っ込むなよ！」

「ふん！」

わかっていると応えるように、カルロが鼻を鳴らした。

そのもふもふとした体にしがみつきながら、リズもどうにか前方を見すえ続けていた。風が勢いよく顔にあたる。

「あっ、カルロあそこよ！」

思わず片手を離して指を差した。

乗りこなすジェドが、すぐにカルロをそちらへ向かわせた。何本もの木々を彼はくぐり抜けて突き進んだ。

やがてカルロが止まった。コーマックたちの相棒獣も、やや遅れて合流する。

「カ、カルロ、マジで速すぎでしょっ」

「びびった！　マジでびびった！　本気で置いていかれるかと思ったよ⁉」

「ごたごた言っている場合か」

先に飛び降りたジェドが、説教の声を投げながらリズをカルロから降ろした。

獣騎士団で怒らせると二番目に怖い上司。コーマックに無言で目を向けられたトナーたちも、慌てて相棒獣から降りる。

向こうに、ふらふらと歩くシモンが見えた。

それに目を留めた途端、リズはジェドの腕を払って走り出していた。

「待って！」

止めるのに間に合わなかったジェドが、「お前はっ」と舌打ちし、コーマックたちや相棒獣たちと追いかける。

スカートなので走りづらい。それでもリズは、膝丈の雑草を力任せに押しのけて駆けた。

「シモン君！」

大きな雑草を突き進んだ時、かき分けた草の音を聞いたシモンが、叫んだリズを振り返った。

「あれ。お姉さん、こんなところまで来ちゃったの？」

直前まで休んでいたのか、彼の声はまるで寝起きみたいだった。少し悪い顔色で汗を拭ったシモンが、ふっと気づいてジェドたちを見渡す。

「そっか。獣騎士を連れてきたのか」

数時間前に会った時より具合が悪そうだ。

「あなた、大丈夫？」

思わずリズが尋ねたら、シモンが苦笑交じりに答える。

「俺は平気だよ。あいつは、まだ寝てるし」

「そのわりには心身の消耗が激しそうだ」

シモンが、指摘したジェドへ訝（いぶか）った目を向けた。

「お前、亡霊が乗り移っている器の方に触れていたな？」

ジェドが続けて尋ねた。シモンがじっと彼を見つめ返し、ややあってから形のいい目を少し細めて、眉をひそめる。

「この前もいた人だね――一番偉そうだけど、あんた、誰？」

「獣騎士団長、ジェド・グレイソン」

コーマックたちへ『ひとまず今は近づくな』と手で指示を出して、ジェドがきっぱりと答えた。

それで察したのか、シモンが腑に落ちた表情をする。

「そっか。あんたが、あの獣が言っていた『団長』で『伯爵』ってやつなのか。いや、『領主』でもあるんだっけ？」

彼は、汗ばんだ前髪を「ふぅ」とかき上げた。

「消耗って、なんなのか意味わかんないし。ただ、寝ているはずなのにずっと頭の中に語りかけてきてうるさいんだよ」

「お前が触れているから、強制的に魔力をつなげられているんだ。普通、そんなふうに一方的に意志を伝えることはしない」

「魔力がどうとかはよくわからないけど、もしかして戦闘獣も、そうやって意思の疎通ができたりするわけ？」

どこか苛々した様子で、シモンは反抗的な態度で言葉を投げてきた。

彼にとっては、冗談のつもりで言ったのだろう。

でも、それは事実だ。ジェドたちが黙っているのを、しばし見つめていたシモンが気を悪くしたように鼻白む。

「ジョークもだめなわけ？　お堅いんだね」

リズは、彼らしくない様子に感じた。どこか余裕のなさがある。

「何かあったの？　大丈夫？」

「お姉さん、こういう時は失望した方がいいんだよ。イケメンなのに騙された、とか、やな性格の奴だった、てさ」

「あなたは失望されたいの？」

素直に感じたことを尋ねたら、シモンが言葉を詰まらせた。

「……失望、だなんて生まれた時からとっくにされてる。お前なんか生まれてこなきゃよかったのにって罵られて、とうとう山に捨てられて。ほら、この通り俺は悪い子だからね。今さら、失望されたってなんとも思わないけど」

まるで自分に言い聞かせているみたいだった。うつむいた拍子に、整えられていない灰色（アッシュ）の髪がぱさりと落ちていた。

「私は、失望もしていないし、悪い子だとも感じなかったわ」

え……とシモンが顔を上げる。

「だって、俺、お姉さんをあそこに置いて帰ったんだよ？」

「道、きちんと教えてくれたじゃない。おかげで、真っすぐ役所まで戻れたもの」

道中に不安もなかった。

リズは、にこっと笑いかける。

「調子がよくないから、ピリピリしているんでしょう？」

「……だから、お姉さんは人がいいんだよ」

再びシモンがうつむいた。くしゃり、とサイズの合わない古着の胸元を掴む。

しばらく沈黙があった。十五歳にしては身長も低く、細すぎる彼が口を開くのをジェドたちは待っていた。

「ああ、その『団長』って人の言う通りだよ。獣の体に触ってた。それがいったいなんだっての？」

やがてシモンが、もやもやとした感情を吐き出すみたいに言った。

「仕方ないじゃん。あいつが入っている体は、まだ若い狼なんだ。……それに昨日から急激に弱ってきている感じなんだ」

ふっとシモンが顔を上げる。

「なんで？」

真っすぐジェドを見て、シモンがぽつりと言葉を漏らした。

「大丈夫だと思ったんだ。あいつも、寝る時間が増えて暴れる回数も減ってきた。それなのに、元気がよりなくなっていっているんだ」

「だから、リズに接触したのか？」

ジェドが間髪を容れず問う。

だが、シモンは先程と違って強がった文句も言い返さなかった。くしゃりと苦笑を浮かべた。

「――まぁ、ね」

強がった表情だった。でも、それはどこか大人びても見える。

生い立ちが、甘えることを知らない今の彼をつくったせいだろう。心配なのに素直にそう言えない姿は、どこか痛々しかった。

「俺のこと、どうせもう調べてあるんだろ？」

「ああ。ギヴォットの町で聞いた」

「俺、山の動物たちに育てられたようなもんなんだよ。言葉は交わせないけど、みんな恩人で、家族で、大切な友達なんだ」

ジェドを見つめ返すシモンの目に、抜け目のない光が宿る。

「獣騎士って、戦闘獣の面倒も見れるプロみたいなもんなんだろう？　それなら、狼の方も助けてくれるんだよね？」

「回復に向かわせられるかは、状態にもよります」

相手が利口であるのを察して、コーマックが事実を述べた。

「僕らは動物の専門医ではありません。そして白獣の治癒方法は、一般的な肉食獣とは異なるところも多くあります」

　白獣によく使われる治療方法。それは魔力をつなげて、白獣自身が持つ治癒能力などを引き上げるやり方だ。

　リズは、幼獣が誘拐された一件でそれを聞いていた。大人の白獣にも適用する方法だという。

　唯一、すべての白獣と魔力をつなげられるグレイソン伯爵。山で発見した負傷の白獣については、獣騎士団長ジェドが治療をするのだとか。

　それを知らないシモンは、疑問を抱いた顔だった。

「保護した狼については、応急処置をしたのち、獣騎士団協力機関として名を連ねてくれている専門動物医への委託は可能です」

「ふうん。まぁ、それならいいや。動物の医者に預けてくれるだけでありがたいよ。俺、そんな金も伝手もないから」

　そう口にしたシモンが、中途半端に言葉を切る。

　人里と関わらない暮らしがわかるようだった。自分から関係性を断って、避け続けているようにも感じる台詞だ。

　見守っていたトナーたちが、何やら思った様子で顔を見合わせる。

その時、シモンが気を取りなおすように髪をなでつけた。

「それなら、取引しよう」

「取引だと？」

「ああ、そうだよ、『団長』さん」

シモンが、生意気な口調でわざとらしく呼んだ。まだまだ青年の面差しもない形のいい目が、真剣なジェドを前に恐れもなくニッと笑う。

「あいつが眠っている場所を教えるから、俺のことは見逃してよ。ひとまず俺の身の安全の保障で、お姉さんをこっちによこして」

「何？」

ジェドの顔色が変わった。

「リズを渡すわけがないだろう。やっぱり下心があったんだなクソガキめ」

怒気を滲ませてジェドが一蹴する。

「下心？　何言ってんの？　俺、初心な子にはキスのサービスだってやってないのに」

「リズにキスしたらただじゃおかねぇ」

「だから、なんの話だよ。それに童貞でもないんだから、ぶちゅっと勢いでやったりしないって」

ませたイケメン少年に、トナーたちがぽかんとする。なぜか突然始まった言い合いに、リズも一瞬状況を忘れて呆気にとられた。

「よし殴らせろ」

「ちょ、取引しようって話なんだってば！　こっち来るなよっ」

ジェドが動き出したのを見て、シモンはびっくりしたようだ。

一目散に退くと、まるで近所の怖いパパに初めて怒られる子供……の構図みたく、さっとリズを引っ張ってその背に隠れた。

「おいリズに触んなよ。今すぐ離れろ、ぶちのめすぞ」

「団長ひとまず落ち着いてくださいっ」

どうしてか『キス』に過剰に反応したジェドを、コーマックが後ろから羽交いじめで止める。

リズは、後ろで小さくなっているシモンを困ったように見た。

「あの、どうして私をよこしてなんて言ったの？」

「だから、身の安全のためだってば」

片方の頬を膨らませるシモンは、むかむかしている様子だが、顔立ちが綺麗なものだからかわいい。

ジェドを落ち着かせたコーマックが、言葉を投げる。

「つまり、僕らが獣の方へ向かっている間に、君は逃げる。無事に双方の目的が果たされたら、リズさんを解放する、というわけですね？」

「そ。逃げている最中に、そこの戦闘獣たちを向かわされたら困るし」

リズの肩を掴んだシモンが、ひょいと顔を出してカルロたちの方を顎で差す。

「窃盗と強盗の罪があるから、捕まるわけにはいかないからね」

「おい、だから、ちゃっかりリズに触るなよ」

イラッとした様子でジェドが口を挟んだ。

シモンが顔をしかめる。

「そこの『団長』さん、さっきからなんなの？　偉そうな上、うるさいんだけど」

リズは、躊躇なく『偉そう』と言ったくだりに緊張感が緩みかけた。

ジェドの口から「あ?」と低い声がこぼれ落ちる。怖いもの知らずなのかと、トナーたちもざわついた。

「お前、すげぇなぁ」

「ぶっ。たしかにあたってる」

「笑い事じゃねぇよ……つか、団長の黒いオーラを物ともしていないな」

「生意気さが勝る年頃って、ほんと最強だよなぁ」

　自由奔放で好き勝手な部下たちだ。最後のぼやきを聞いたコーマックも、思う顔だった。

「とにかく、取引だ」

　シモンが気を取りなおしたように告げた。

「山狼も元気になるんだろ？」

「亡霊をどうにかすれば、元気は戻るだろうな。魔力を無理やり持たされて使わされている状態だから、体にダメージがきているだけだろう。お前と同じだ」

「ふうん。よくわかんないけど、亡霊ってそうなのか。なら……」

　その時、リズはハッとして彼の肩を掴んだ。

　突然向き合わされたシモンが、驚いた目で彼女を見上げた。

「なんだよお姉さん、いきなりでびっくりするじゃん」

「違うのよ。魔力をつなげられるのは、白獣だけなの」

「え？」

「この国で、魔力を持っているのは白獣だけなのよ。あの獣も同じで、だから意思を心の中で伝えられて〝空だって飛べる〟の。それもこれも、すべてあなたが魔力をつなげていたからできたことなのよ」

リズの手を、シモンがふらりと払う。先程ジェドが口にしていたことを、彼が理解できるよう彼女は続けた。

「触れていると魔力をつなげられる。でも、それはとても大きな負担になっているの。だから頭が痛くなったり、体調が悪くなったりしているのよ」

獣騎士団という存在は知っていても、獣騎士や戦闘獣にそのようなことがあるのは知らなかったらしい。

シモンがようやく理解したのか、驚愕の表情を浮かべてつぶやく。

「あれは、白獣なのか？　でも、ちょっと待ってよ。だって白獣って、たしか獣騎士以外には絶対に懐かないんだろう？」

気づいた亡霊の正体を、受け止めきれない様子だ。

「他の亡霊話は知らん。だが、この国で最大の大型獣、そして魔力による意思疎通と飛行ができるのは、白獣だけだ」

ジェドが厳しくも事実を口にした。

「で、でも、俺に危害を加えそうになったことなんて、なくて」

「お前が、たまたま〝相棒〟だったからだ」

重ねて告げられたシモンが、言葉をのむ。

「だが相手は、お前の相棒獣になれるような白獣じゃない。利用されている可能性がある。だから、いったんお前の身柄も保護させてもらいたい」

真摯に言葉を紡いだジェドの目は、真剣だった。

シモンが、動揺して後ずさりする。一つも嘘はついていないと察したのか、ふるふると首を横に振りながら狼狽（ろうばい）する。

「よく、わかんないよ。戦闘獣って、正義の守り神なんでしょ？　獣騎士も、選ばれた正義の騎士だって……そんなのに、俺が……」

「事実、ここにいる白獣たちは、お前を〝拒絶〟していない」

シモンが、ハッとコーマックたちの後ろを見回した。

そこにいるカルロも、エリーも。そしてトナーたちの相棒獣も、先程からシモンの動き一つにさえ警戒反応をしていなかった。

彼ら特有の美しい紫色（バイオレット）の目は、落ち着いてシモンを見つめている。

「そんなの、嘘だよ……それはそばに相棒騎士がいるからでしょ？」

山の獣は友達。

シモンが、人間相手だった時と違ってくしゃりとする。

「俺、この通りのろくでもない人間なんだ。産むんじゃなかった、無駄飯食いだって親に疎まれて、山で死ねって言われて捨てられたんだ」

必要もない人間。居場所だって、ない。

震えた小さな声が、これまでこらえていたような言葉を紡いだ。

それが、ずっとシモン少年を、まるで呪いのように人の世界から引き離し続けていた思い。

「シモン君……」

リズの涙腺が緩んだ時、シモンが頭を振って表情を戻した。

「だから、保護には応じられない。お姉さんと逃がしてくれれば、あいつの眠っている場所を教える」

「あっ」

不意に手を掴まれて、驚く程強い力で引き寄せられる。十五歳でも、リズよりも力が強い男の子なのだ。

どうしてかジェドと違って、その手を怖いと感じた。

リズは咄嗟に振り払っていた。彼は痛まないようそんなに力を入れていなかったのか、あっさりと拘束は解ける。

距離を取って見つめ返すと、シモンが少し傷ついた表情で見つめてきた。

「ごめんね、びっくりさせちゃった？」

リズのおびえを察して、やわらかな声で言葉を紡ぐ。

「大丈夫だよ。俺の安全が守られたら、ちゃんと解放してあげるから。だからお姉さん、こっちに来て」

言いながら、彼が手を差し出してきた。

どこか寂しげなシモンの様子に心が揺れた。でも……、その手を取ってあげられないと、リズはハッキリ悟った。

――ジェドたちを心配させたくない。

リズはジェドに約束したのだ。もう、どこかへ勝手に行ったりはしない、と。

「ううん、違うわ」

気づいたらリズは、声に出していた。

「ごめんなさい。私は、何があろうと団長様のそばを離れないわ」

ここにジェドを残していく。そう想像した途端に、答えは出た。彼の支えになりたいのだから、そばを離れてはいけない。

彼が行くなというのなら、リズはここで一緒にがんばるだけだ。

ジェドが、ゆるゆると目を見開く。

「リズ――」

その時だった。

突如、場の空気が変わってジェドが言葉をのんだ。肌で感じ取ったリズとコーマックたちも、ハッと周囲に目を走らせた。

いったいなんだろう?

何かが猛スピードで近づいてくる気配がした。

ドゥッと地を駆ける聞き慣れた足音が、こちらへと向かってくる。少しもしないうちに聞こえてきたのは、大きな獣の呼吸音で――。

ぴくんっと先にカルロが反応した。

「ヴォン！」

直後、カルロが強くほえた。いきなり響き渡った一喝するような声に、トナーたちが飛びはねて、相棒獣たちもびくっとする。

気づいたジェドが、ハッとある方向へ目を走らせた。

「よけろ！」

緊迫したジェドの声が響き渡った瞬間、全員が異変に気づいた。咄嗟によけ、カルロたちも〝ソレ〟の突進の進行方向からすばやく避ける。

だが、遅れを取った一頭の相棒獣がいた。

だからほえて教えただろうがと言わんばかりに、カルロが舌打ちして、大きな尻尾で打って緊急回避させる。

「うわ⁉」

ジェドが『よけろ』と言った時、真っすぐ視線を投げられていたシモンが、気づくと同時に反射的に頭を低くした。

その直後、ぶぉんっと風の唸る音を上げて、大きな影が彼のすぐそばを通過した。

それは、あの黒い霧のようなモノをまとった亡霊だった。

「シモン君っ、危ないからこっちへ！」

リズは咄嗟にシモンの手を取って、自分の方へ引き寄せた。

直前まで彼のいた場所の木にぶつかるようにして、亡霊が食らいついた。低いうなり声を上げると、不意に木に爪を立て、暴れ狂ったように体を揺すりながら強靭なあごで噛み砕きにかかる。

――バキリ、と巨木が半ば引きちぎられた。

確実に食おうと噛みついてきたのだろう。全員が状況を察して、さーっと血の気を引かせた。

「う、嘘だろ。だって、今まで食われそうになったことなんて、なかったのに」

青ざめたシモンが、弱々しく首を振りながら狼狽した。

するど獣騎士の一人が、彼の腕に掴みかかった。

「いいから、こっちに来い！」

「お前が移動しねぇと、リズちゃんも動かないだろうが！」

その間にも、リズはジェドに肩を抱かれ「こっちへ」と呼ばれた。獣騎士たちがシモンの身柄を確保し、全員が速やかに大型獣から離れる。

距離を取った時、亡霊がゆらりと立ち上がった。

改めて目にしたその姿は、同じ白獣とは思えない程威圧的だった。

「ずいぶん大きな白獣だな」

「にわかには信じられませんが、カルロよりも少し大きいです」

リズを背にかばうジェドの隣で、答えたコーマックも対応に迷う様子で剣の柄に手を置いている。

場に緊張が走った時だった。亡霊が、口から黒い霧と共に吐息をこぼした。

《白獣が受け入れた、娘》

低く、野太い声に全員が驚いた。

一瞬、耳が変になったんじゃないかとリズも思った。だが、ジェドたちと顔を見合わせて間違いではないことを知った。

「しゃ、喋ってますけど」

思わずリズは、亡霊の方を指差して言った。

ジェドも半ば信じられない表情だった。何度か亡霊を確認したのち、その感想的な意見に応える。

「俺にも、聞こえた」

「団長もですかっ？　お、俺も聞こえました！」

「亡霊になったこの白獣は、人の言葉が話せるのかっ？」

「そ、のようですね。僕にも言葉が聞こえました」

ぐらぐらした頭を、コーマックが手で支える。

「マジかよ。つかお前っ、知ってたんなら教えとけよな！」

「いや俺も今知ったんだよ！」

「あいたっ、こいつ生意気なっ」

肩を掴んだ獣騎士の足を、シモンが蹴った。

亡霊となったこの白獣は、人の言葉を発せられるらしい。耳で〝音〟として聞こえるが、……リズは、それと近いことに覚えがある。

「保有魔力を使って、話しているんだわ」

以前、白獣の女王の〝言葉〟が頭で聞こえたことを思い出した。

ジェドが、強がった笑みを口元に浮かべた。

「なるほどな。──たしかに、可能性がないわけじゃない」

白獣は、魔力の量によって個体に能力差がある。この白獣は、どの人間とも話せる、のか。

全員が戸惑いがちに思っていると、亡霊が一同へ言葉を放った。

《左様。私は〝伝える〟ということに魔力が使える》

ジェドたちが警戒する中、亡霊がゆっくりと矛先を変え、相棒獣の中で一番大きなカルロを睨んだ。

だが、やがて亡霊が低く呻く。

《面倒なことだ。群れを抜け、白獣として外れたばかりに、同種族との魔力会話ができなくなったとは》

グルルル、と低いうなりが続く。

どうやら保有魔力は、そのように作用することもあるようだ。そしてこの亡霊は、今、カルロたちとは会話ができなくなっている。

その時、不意に亡霊が頭を高く上げ、口を開いた。

「は……？」

その口元に、黒い光が集まり出しているのを見て、ジェドが珍しい感じの声を漏らした。

まるで魔法の一部を見せられているみたいな光景だった。

勢いよく黒い光が一点に集まる。リズたちが動けないでいると、亡霊が突如それをカルロへ向けて放った。

それはガッと音を立ててカルロの額にあたる。白く大きな体が衝撃でのけ反った。

「カルロ！」

リズは悲鳴を上げた。エリーや他の相棒獣たちも、慌てた様子でカルロに近づこうと駆ける。

だが、その直後に彼らの足は止まった。

《問題、ない》

カルロが、額の衝撃の余韻を振り払うように首を振った。

亡霊とは違う、凛々しい雰囲気のある低い声がした。相棒獣たちが硬直し、シモンが「は」と言い、ジェドたちと同じくリズも目を丸くする。

「もしかして、カルロの声なの……？」

リズは、ジェドたちの言葉を代弁して慎重に尋ねた。

《あの白獣の魔力で、少しの間、〝声〟を受けただけだ》

「そんなことができるのか？　馬鹿な」

口を挟んだジェドに、カルロが首を横に振って遮る。

《あれは珍しいケースだが、できる白獣も、いる》

慣れない様子で〝音〟を発して答えた。

ほんのわずかの間、ジェドが考え込んだ。うなずき、力強く亡霊を見すえる。

「そうか。お前がそう言うのなら、そうなんだろう」

それを聞いたカルロが、くっと口角を引き上げた。

《さすがは、俺の相棒だ》

「馬鹿言え。それは俺の台詞だ、カルロ。この俺を誰だと思っている。獣騎士団長にして、お前の唯一最高の相棒騎士だぞ」

慣れたような会話だった。

普段、彼らは心の中でそんなふうに話しているのだろう。よく想像を膨らませていたリズの目には、とても新鮮に映った。

ジェドとカルロのおかげで、みんなの士気も戻るのを感じた。コーマックたち獣騎士と、エリーたち戦闘獣が、揃って真っすぐ前代未聞の〝よみがえった亡霊の白獣〟へと焦点を合わせた。

亡霊は、同じ白獣とは思えない程に禍々しい。こちらを睨みつけ、全身から強い憎悪を覚えた。

「なぜ、お前は亡霊となってまでよみがえった」

ジェドが尋ねた。

すると、亡霊が喉の奥を低く鳴らして笑った。

《なぜ、とお前が聞くのか。領主である、お前が》

グルルル……怨恨を思わせる低いうなり声がする。

真っすぐ睨まれたジェドが、意味を理解しかねる顔をした。

――もしかしたら区別がついていない？

対話の様子からすると、彼が生きていた当時の領主をジェドに重ね、言っているのだろうと感じた。

そして、恨みと同時に強い苦しさを覚える気がした。

まるで絶望して、嘆き続けているみたいに。

「何かあったの……？　私たち、あなたの事情を知らないのよ」

リズは胸元で手を握りしめ、気づくと戸惑い気味に問いかけていた。

危ないぞとジェドたちが振り返る。だが亡霊は目を細め、ほんのわずかに怒気を萎えさせた。

《初めて、我らの群れに飛び込んできたような、娘だった》

亡霊が、どこか遠い昔を見るような目で言った。

娘……とリズは口の中で言葉を繰り返した。気のせいでなければ、とても大切そうに呼んでいるのを感じたから。

目を合わせたジェドたちも、同じものを感じたようだった。

《獣の言葉を理解した、不思議な娘だった。我らは成長を見届けた。――だが、見初めた領主が彼女を見捨てたのだ！》

突然、亡霊がほえて空気を震わせた。

《領主！　なぜ、最後まで彼女を守らなかった！》

亡霊の大きな足が、凶暴に大地を打った。カルロの後ろで、他の相棒獣たちが警戒して身構える。
《命令あれば、我は動けた！　どこまでもついてゆけた！　共にあれば、我がきっと娘を守れた！》
亡霊が言葉を吐き出した。それは怒涛の感情の流れのように強い恨みと憎しみで場を圧倒し、リズたちは息をのむ。
《それは一部、語弊がある》
そんな場で、カルロが動じず静かに言う。
《見捨てたのではなく話し合って決めたことだった――とは聞いた。その土地の民だけでなく、我らを守るために。そして寿命は、人には変えられない》
《お前は忘れたのか！　ПЖ××Ш×！》
ヴォン！と亡霊がこれまでにない怒声を放った。
その野太い咆哮は、獣騎士団の中で一番大きなカルロと似ていた。びくっとしたリズたちの中で、ジェドが訝って耳を叩く。
《――獣の名だ。人間には聞き取れない》
カルロが、目を向けず冷静な口調で教えた。
白獣としての、本来の名。

それを人間が耳にすることはできないようだ。でも名を呼ぶなんて、まるで知っている仲みたいな――とリズが思った時だった。

《我らは奪われたのだ！　愛し子、我らが娘を人間に奪われた！》

亡霊が大地を踏み鳴らし、収まらない怒りで声を荒らげてきた。向けてくる憎悪の視線に気圧されそうになる。

《我らが初めて愛した〝我らの娘〟だった！　獣と話せるなど嘘だと笑った人間どもが、我らの元に捨てていった。それが幸運なる者だとわかった途端、人間は自分勝手に奪っていったのだ！》

幸運なる者……？

似た響きに引っ張られて、以前、白獣の女王に『幸運の娘』と呼ばれたことが脳裏をよぎった。

恐らくは関係ないことなのだろう。リズは、集中すべく雑念を振り払う。

「つまり、遠い昔に、白獣が受け入れた一般人がいた、と」

ジェドが、「ふぅ」と緊張気味に息を吐いた。どうにか頭の中を整理した彼に横目を向けられたカルロが、うなずく。

《古い歴史だ。俺も、詳しいことまでは知らない。……居合わせたということは、こ

の白獣は、恐らくは一千年前の戦士だ》

「一千年⁉」

そばから獣騎士たちが叫んだ。

とくにシモン少年の甲高い悲鳴は、よく響き渡った。他の獣騎士たちが互いに口を押さえ合う中、トナーが後ろから彼の口を手で塞ぐ。

一千年、と、さすがのジェドも絶句する。

「……カルロ、それはたしかか？」

またしてもカルロが肯定を示してうなずいた。見ていたコーマックが、気の遠くなるような長さに額を押さえる。

「そんなこと、あるんですか」

《古いからこそ、亡霊となってよみがえれる》

わかるような、わからないようなことをカルロが答えた。

《遠い、遠い昔のことだ。ある事件があって、群れを離れたモノが何頭かいたとは聞いた》

カルロが静かに切り出した。

《そこにいたのは仲のいい、婚約者と、伯爵と、そして一人の〝娘〟》

「それが、アティーシャ？」
慎重にジェドが尋ねた。
《……そうだ。伯爵家の記録に、その名は残されていないが》
「なぜ黙っていた？」
《当時の伯爵が――領主がそう決めたと聞いた。そして白獣も、話し合ってそうすることに決めた》
カルロは相棒獣たちを見た。
《この中にいる白獣でも、ごく数頭がほんの一部のことを知る程度だ。俺程は、知らない》
つまり、どちらも歴史に残さないことにしたの？　でも、どうして？
そう思っていると、カルロが美しい紫色（バイオレット）の目にリズを映した。
《それは、次の悲劇につなげないために》
「悲劇……？」
《歴史として残せば、どちらにも必ず恨みが残る。そして人間は、きっと繰り返すだろう――と領主は言ったらしい》
ジェドがすばやく考える。

「つまり、知らない方が平和でいられる、と領主は考えたのか？」

《その通りだ。俺も、話せない。白獣にも〝ルール〟がある》

ジェドが、カルロとじっと見つめ合った。けれどすぐ、彼は肩をすくめて軽く両手を上げた。

「はあ。わかった。アティーシャの名は、今のところはいったん俺の胸に留めておこう。約束する」

ドSの鬼上司にしては、珍しい光景だ。コーマックたちは目を丸くしたが、恐らく彼は白獣のルールというものを考えたのだろう。

リズは、白獣たちが『白獣の女王』について口にしないことを思った。

ジェドはその事情を知らない。それなのに彼は自分の都合より、カルロを優先にしてそう判断したのだ。

――カルロを信頼して、今は必要ないというのなら聞かない、と。

《助かる》

短く答えたカルロに、ジェドが「いいさ」と小さく笑った。

「白獣にも、何か事情はあるんだろう。俺は、白獣の憂いを払う立場でもある――今は、こちらの問題を解決しよう」

不意にジェドの顔が真剣さを帯びる。リズとコーマックたちの気も、つられて自然と引き締まった。
カルロが亡霊を気高く見すえた。
《古き白獣の戦士よ。聞いてわかっただろう。この時代に、お前が知る人間はもういない》
《何を言っている。そこにいるのは領主だ。そしてあの伯爵だ》
ギリリ、と亡霊が牙を噛み合わせる。
その体から、黒い霧がじわりと噴き出した。不穏な気配がピリピリと増すのを感じていると、カルロが《チッ》と舌を打つ。
《魔力を無駄に放つな。その獣を解放してやれ、身が持たない》
《離すものか。もはや肉体も朽ち、種族の命令も今や私を縛ることなどできない。今こそ、人間に復讐をするのだ》
獣の目が、怨念に染まった禍々しい紫色（バイオレット）でジェドたちを映した。
《私は、助けられなかった。失った。悔やみ続けた。――この恨みは、死してもなお消えなかったのだ》
それは深く傷つき、強い恨みと同じくらいに悲しかったからではないのだろうか？

リズが胸を締めつけられた時、亡霊が身を屈め、前足に力を込めた。

ハッと気づいたジェドが叫ぶ。

「シモンを守れ！」

だが直後、突風によってリズたちは体を煽られていた。

亡霊が突進し通過した際の風圧で、トナーが吹き飛ばされた。相棒獣がもふもふの白い体で彼を受け止める。

突き進んだ亡霊が、シモンの襟首をくわえてさらった。

「うわあああ⁉」

走りながら背中へと放り投げられ、彼の悲鳴が上がる。だが騎獣した瞬間、シモンが苦悶の声を上げて亡霊の背に突っ伏した。

「えっ、シモン君⁉」

リズが驚きの声を上げた時には、亡霊は高く跳躍し、空を駆けのぼっていっているところだった。

あっという間のことだった。何が起こったのかわからない。

「チッ、無理やり騎獣させたか」

舌打ちしたジェドの目が、コーマックへと走る。

「コーマック！　奴を追うぞ！」

「そんなの百も承知ですよっ」

慌ててコーマックが相棒獣に騎獣した。他の獣騎士たちも続く中、カルロにまたがったジェドがリズに手を伸ばす。

「リズ！　俺はお前を置いていきたくない、少し揺れるが一緒に行くか？」

「は、はい！　もちろんです！」

迷わずリズはジェドの手を取った。

カルロの飛行に、続々と相棒獣たちが続いて空へと駆け上がった。

「いったい、どういうことなんですかっ」

強い風が吹く上空で、リズは声を張り上げた。

前方を、亡霊が黒い霧をまき散らしながら猛スピードで飛行している。その背にいるシモンは、完全に意識がない状態だ。

「あの亡霊は、あいつを無理やり騎獣させたんだ」

「そ、そんなことできるんですか？」

「魔力をつなげることができたんだ。騎獣させれば、あちらは一方的につなぐことだってできる」

　語るジェドの表情は硬い。

「今、シモンは極度の魔力酔い状態だ」

「魔力酔い？」

　すると、そばを飛んでいた相棒獣をコーマックが寄せてきた。

「白獣が持つ潜在能力の高さが、獣騎士を上回るとかなりの負担がきます。それは保有している魔力量の高さと比例しますが、魔力を体に慣らすまでがとくに大変なんです。過度の負荷がかかると起こるのが、魔力酔いです」

「つまりシモン君が『頭が痛くなる』と言っていたのも、魔力によってダメージを受けていたせい……？」

「はい。僕らが鍛えるのは、体力だけではありません。白獣の魔力に耐性をつけるためにも訓練するんです」

「じゃないと、ああなる」

　ジェドが、顎で前方を差してそう言った。

「基本的に獣騎士は、白獣の暴走を止められる力量になってからでないと騎獣させない。未熟の場合だと、ああなることも少なくない」

「そんな……」

リズが目線を戻すそばから、コーマックが「ありえるんですよ」と言った。

「白獣は繊細で、そして本来人間嫌いです。パニックを起こして魔力が乱れた際、獣騎士が耐えられず魔力酔いで失神することも少なからずあります。その場合、僕や団長の方で暴走を止めます」

「獣騎士、白獣、どちらの安全も守るためには鍛錬がいる。互いに教育と訓練が必要なのは、制御する方とされる方で、バランスを取らせるためでもある」

逃げる亡霊を見つめるジェドが、目を細める。

「訓練も受けたことがない〝相棒〟。そして相手もまた、訓練を受けたことがない強い白獣の亡霊だ——こうなるのは避けられないだろうな」

心配なのだろう。

こらえてはいるが、ジェドが気が気でないのをリズは感じた。彼もまた、シモンの身を案じているのだ。

「団長様っ、足手まといにならないよう私もがんばりますから、気にせずカルロを向かわせてください！」

「リズ」

「私も、団長様とカルロと一緒に戦います」

リズは、しっかりとジェドを見つめて告げた。そばで見届ける。そして彼が一人で耐え忍ぶつらさがないよう一緒に戦うのだ。

果実のようなリズの赤紫色（グレープガーネット）の瞳は、不安さえも押しのける輝きがあった。

ジェドが、込み上げるものがあるようにぐっと唇を引き結ぶ。誰もが、今や弱さの一つも感じさせないリズに見入っていた。

「リズちゃん……」

誰かが、ぽつりと言った。

ジェドが弾かれたように団員たちを見渡し、号令を放つ。

「亡霊が人里を見つけ出す前に、全員で抑える！　そして少年を保護しろ！」

すぐさまコーマックが、片手で敬礼する。

「団長、了解しました！」

「了解です！」

「任せてください団長！」

エリーが、ぐっと傾いて旋回する。答えたトナーが、自分の小隊へ手で合図を出して後に続いた。

「よっしゃ行くぜ！」

気合いを込めて獣騎士が声を上げ、小隊が四班にわかれて亡霊を囲みにかかった。

ジェドがリズを片腕でしっかりと抱き寄せ、身を屈める。

「リズ。行くぞ」

「はいっ、団長様！」

カルロが猛スピードで前方目がけて飛行した。強い風で呼吸がしづらい。ぐっとこらえ、リズは振り落とされないようカルロの背にしがみついた。

他の戦闘獣たちがほえ、亡霊を囲みつつ、援護の態勢に入った。

「ヴォン！」

直後、カルロと大型獣の亡霊が上空で衝突していた。巨体同士がぶつかり合い、歯をむき出し、激しく爪を繰り出す。

その攻防の隙を狙い、他の相棒獣たちも襲いかかった。

だが、亡霊の背中にいるシモンに手さえ届かなかった。黒い霧のようなものが彼を拘束して振り落とされもしない。

ジェドが舌打ちした。

「魔力が使える白獣か、厄介だな……！」

落ちてくれるのを期待するのは難しそうだ。

カルロは低くうなると、めげずにまた一気に加速して亡霊とぶつかった。そのまま亡霊の攻撃を抑え込みにかかる。

その途端、コーマックが相棒獣を向かわせた。猛スピードで突っ込むと、エリーが牙をむいて襲いかかった。

《遅いわ！　青二才の白獣めが！》

亡霊が一瞬にして体勢を整え、大きな前足を振って攻撃した。間一髪のところで、カルロが長い尻尾でエリーを後ろへと引き降ろす。

「ちょ、君の尻尾はどうなっているんですか！　器用に包み込まれましたよ⁉」

《チッ、やかましい。魔力量と潜在能力値の違いだ》

コーマックが驚きの声を上げると、カルロが、この時ばかりは声を発せられるのが面倒臭いと言わんばかりの顔で言った。

見ていた獣騎士たちが、「おぉう」と咄嗟に口へ手をやる。

「カルロ、普段こんな口調なんだな」

「想像ぴったりの無愛想さ」

「誰かさんを彷彿とさせる上から目線感が強い」

「その喋り方、なんか団長にそっくり……」
「言っている場合か！」
あわあわと最後にコーマックがつぶやいたところで、カルロが旋回し、再び彼らの上空に近づいた。ジェドが叱る声を投げるのを聞きながら、リズはカルロに何度か尻尾で背を支えられたのを思い出していた。
カルロが、再びスピードを上げて亡霊に突き進んだ。
《ПЖ××Ш×！　なぜ山から出たのだ！》
亡霊が怒り狂った咆哮を上げた。互いに体当たりした大型の二頭が、そのまま激しく爪と牙で攻防する。
《なぜお前が人間の味方をする！　どうして私の邪魔をするのか！》
《お前が間違っているからだ。古き白獣の戦士、お前は命が尽きて長き使命を果たした。ならば、もう眠れ》
《眠れるものか！　私は悔い続けた！　自分が白獣であったことを恨んだ！　だから魂は故郷へ戻れず……こうして亡霊となってここにいる！》
その怒声が、なぜかリズには嘆く声にも聞こえた。亡霊としてよみがえったことさえ、悲痛だと叫んでいるみたいだった。

カルロと亡霊。白獣でも超大型に分類される二頭の戦いは、まるで怒り狂った凶暴獣同士の決闘のようだった。

他の相棒獣たちは、もう見ることしかできないでいる。

だがリズは、亡霊がどこか躊躇しているようにも感じた。

そうでなければ、自分は真っ先に狙いを定められて落とされ、カルロとジェドから引き離されている気がする。

――獣騎士ではないから、遠慮があるの？

そう思ってしまうのは亡霊の怒りの言葉も、恨む言葉も、悲しみに聞こえて胸が切なくなるからだろうか。

《自分が走り続け、力尽き、悔いのまま意識が沈んだのを覚えている！》

再び亡霊とカルロが衝突する。正面から頭突き合い、ゴッと響き渡った衝撃音に相棒獣たちが固唾をのむ。

だが、カルロも亡霊も引かなかった。

互いに額をギリギリと押して睨み合っている。

《それなのによみがえった！　なぜだ！　なぜ終わらなかったのだ！》

亡霊が額をぐいっと押して間合いを取ると、前足を振り上げた。カルロも攻撃して弾き返す。

《そんなの知ったことか。俺も亡霊に会うのは初めてだ》

大型級の白獣同士が、空気を震わせる獣の声を上げて格闘した。ジェドが協力しているのか、死角からの攻撃にもカルロは俊敏に対応する。

これなら手が届くのではないかしら……?

激しくぶつかり合う獣同士の戦いを眼前に、リズはふと思った。

亡霊に躊躇いがあるのならチャンスだ。その奪還方法が浮かんだ時には、怖くて心臓がきゅっと痛くなったが、リズにしかできないことだ。

――リズは獣騎士ではない。魔力もつなげられない。

亡霊に触れてしまったとしても問題はない。そして唯一、この場で〝単身〟動けることが最大の利点だ。

これからしようとしていることを想像すると、手は震えそうになる。

けれど、こうなったらやるしかない！

「団長様！　私が行きます！　カルロを亡霊の少し上まで近づけてください！」

「は……?」

リズは覚悟を決めた。カルロがまた亡霊と取っ組み合う中、ジェドがぽかんとした目で彼女を見る。

「すまないリズ、なんだって？」

「そうすればシモン君を奪還できますし、上空の亡霊の暴走も止められます！」

「は」

《なるほど、名案ではある》

カルロがふっと会話に加わってきた。自分だけ理解していない状況に、ジェドが嫌な予感を覚えた顔をした。

「おい待て、いったい何をする気だ」

「団長様、チャンスは一度きりなので、ちゃんと腕を離してくださいねっ」

「俺の話を聞け。めちゃくちゃ嫌な予感がする」

《了解した。チャンスを作る》

「俺はオーケーを出していないぞカルロ！」

ジェドが余裕もなく叫んだ。その珍しい声に気づいたコーマックたちが、いったいなんだと視線を向けてくる。

その時、亡霊の攻撃をかわしカルロが旋回姿勢に入った。

ぐんっと方向が変わり、体が傾く。リズは必至に耐え、目標位置を見すえた。

「団長様！　今です！」

ぱしっと腕を叩いた拍子に、驚いてジェドの腕が緩む。そのタイミングで、彼女はカルロにしがみついていた手を離した。

「あっ、リズやめろ！」

ジェドが叫んだ。

その時には、リズはカルロの背から勢いよく飛び出していた。ごぉっと風が体ごと打ち、バタバタと服と髪をなびかせる。

亡霊がハッとして爪を出した前足の動きを止める。彼女は、かまわず真っすぐその背中のシモンを目指した。

この後、どうなるかだなんて考えなかった。

リズは体の浮遊感に震えそうになる腕を、せいいっぱい伸ばした。

「絶対に、あきらめない！」

落下する勢いのままシモンにぶつかると、両腕でめいっぱい抱きしめる。衝突と共に、彼ごと亡霊の背中から転がり落ちた。

「うっ……！」

次の瞬間、再び強風が顔を打った。

前髪がばさばさと煽られる。呼吸が苦しい。どうにか開けた目に、はるか下に広がる緑の山が見えた。

「リズさん！」

「リズちゃんっ！」

上から、悲鳴のような叫び声が聞こえた。

落下の恐怖に目が潤む。けれどリズは、腕の中に取り返せたシモンの温もりに『よかった』と思ってもいた。

リズは意識のない彼を、落ちても守ろうと思ってかき抱いた。どうにもならない状況の中で、閉じかけた目に、不意に西日がまぶしく差した。

ふっと顔を上げて、あっと息をのむ。

自然の山々の光景が、まるで最後の光景みたいにリズの胸を美しく貫いた。

――故郷の土地を〝美しい〟と思った。

きっと、この向こうに幼い頃から見てきた山もあるのだろう。こんなにも高いところまで来るなんて、少し前まで考えられなかったことだ。

リズは不運な体質の、なんのとりえもない平凡な女の子だったから。

これこそ、まるで夢か魔法みたいだ。

《アティーシャ様！》

不意に、そんな必死な声が聞こえた。

リズは落下しながら振り返った。大きな体を躍らせて、落下を速め、がむしゃらに向かってくる亡霊の姿があった。

彼は深く傷ついているのだろう。

見て咄嗟に、リズを大切なその娘と勘違いするくらい。

その赤紫色（グレープガーネット）の大きな瞳に大型獣を映して、リズは思った。騎獣されていない彼は飛行できない。それなのに落下なんて速めてしまったら……。

そう思っている間にも、どんどん距離は縮まっていった。

《アティーシャ様》

——いや、同じく幸運の娘、リズ。

不意に、そんな獣の言葉を聞いた気がした。

亡霊が死に物狂いで、こちらへと駆けるように落ちてくる。その切羽詰まった必死な目を見たら、もう恐怖なんてなくなっていた。

そうか、ずっと私にその子を重ねていたのね。

だから本気で、カルロに攻撃できなかったのだわ。

リズはシモンを片腕で抱きしめたまま、恐れもなくもう一つの手を伸ばした。すぐそこまできた亡霊が、立派な前足を伸ばしてくる。

やがて亡霊の前足が、リズと触れた。壊れ物でも扱うかのように慎重に、そっとリズとシモンの体を抱き寄せてくれる。

黒い霧が滲む獣の手は、温かかった。長い毛並みは、出会ったばかりだった頃のカルロを思い出させた。

「助けてくれて、ありがとう」

リズはとても優しい気持ちで、穏やかに微笑みかけた。

途端に亡霊がくしゃりとした。あっという間に潤んだ紫色（バイオレット）の目から、ぽろぽろと涙がこぼれ落ちた。

《――いえ。ようやく、お助けに間に合って、ようございました》

悲しむ顔で亡霊が笑いかけてきた。

拒絶もないリズの手に、ぐいっと鼻先を押しあて亡霊が泣きだした。もう完全に戦意を失っているようだった。

とても大きな獣なのに、泣きじゃくる様子は子供みたいで、リズは胸が締めつけられて彼をそっとなでた。

その時、ごぉっと風の音が聞こえた。

見てみると、カルロに乗ったジェドがそばを通過していく。

「カルロ、リズたちを落とすなよ」

《ふん。わかってる》

リズに聞こえるよう、わざわざ声を発したのだろう。ちらりと視線を返してきたカルロが、小さく安堵のため息をつくのが見えた。

カルロが、落下する亡霊の体の下へ回った。コーマックやトナーたちも相棒獣と飛行してきて、その支えに加わった。

落下が緩やかになる。一団となって飛行した獣騎士団は、亡霊を降ろすべく、真下にある山を目指した。

「リズさん、あまり無茶はしないでくださいね。……本気で心臓が止まりかけました」

コーマックが、大きな吐息を交ぜてそう言ってきた。他の獣騎士たちも「まったくだ」と温かくぼやいてくる。

リズは、今度は込み上げる温かい気持ちに涙腺が緩んだ。

「ごめんなさい。それから、ありがとうございます」

小さな声しか出なかったのに、ジェドが「ふん」と答えてきた。

「お前が、意外なところで行動力を発揮するのは、もうだいたいわかってる」

そう口にした彼が、言いづらそうに頭をかいた。

コーマックが、せっつくように「団長」と声を投げた。トナーたちも、温かい目でニヤニヤと見守っている。

「ほら。団長が言わないと、俺らが締まらないっすよ」

「代表して言ってくれなくちゃ」

「わかってる。リズ、その、……俺たちを信頼してくれて、ありがとう」

きっと助けてくれる、と。だからリズは、無謀にも、カルロから飛び出すことができた。

彼女は少し考えて、ふるふると首を横に振った。

「いえ。その勇気をくれたのは、団長様とみなさんです」

臆病で平凡な自分を変えてくれたのは、獣騎士団での生活だった。

リズにとって、かけがえのない大切な存在だ。

自然と微笑んだリズを見て、ジェドが照れ隠しのしかめ面をそむけた。コーマックが、珍しい瞬間を見たと言わんばかりにひそかに笑った。

獣騎士たちも、はにかんで照れた。

「そっか」

「そんなふうに言われたらなぁ」

そう言葉が飛び交う中、獣騎士団は山へと着地体勢に入った。

◆§◆§◆

山の森の中は、静まり返っていた。

木々の葉も、先程と違ってささやかながら音をたてるばかりだ。遠くから、鳥のさえずりが聞こえてくる。

「さっきは、あんなに風も吹いたのに」

リズが不思議に思ってつぶやくと、後ろから声を投げられた。

《それは、あなたが望んだからだろう》

「え？」

振り返ると、腰を下ろしている亡霊と目が合った。

先程、無事に山へ降りることができた。無事が確認されたシモンに、今、コーマックが携帯用の気つけ薬などを飲ませて処置しているところだ。

そこから離れた位置に亡霊は座っていた。

気づいたジェドたちが目を向けると、亡霊が首を緩やかに振った。

《いや。自然というのは、時には人の味方をするものだ》

本来の言葉をのみ込んだような気がした。

だが直後、リズたちの耳に聞き慣れないカルロの〝声〟が入ってきた。

《子供が、起きたぞ》

教えたカルロが、尻尾を一回大きく振る。

リズはハッとしてシモンのもとに戻った。真っ先に向かったジェドが、そばに膝をついているコーマックを押しのけて彼を覗き込む。

「おい、起きたか」

「うおぅ⁉　凶悪なイケメン顔が間近にっ――いて！」

「誰が凶悪だ」

容赦なくジェドのげんこつが落ちた。

いい人の演技をしていない時の彼は、鬼上司だ。加減はしているようだが、さすがにかわいそうになる。

「団長様、それはさすがに……シモン君は起きたばかりですよ」

「こういうのは甘やかすとだめなんだ。ひとまず、甘い物でも食ってろ」

……ん？

シモンに告げたジェドが、がさごそと探って軍服のポケットから菓子の包みを取り出した。

リズは戸惑った。そばでコーマックが、やわらかな苦笑を浮かべている。

「あの、どうしてお菓子がポケットに……？」

「騎獣で消耗したぶんを、少しは補える」

だからって、それを出立前に用意してたの？

イメージが結びつかなくて首をひねっていると、お菓子の包みを掌に数個置かれたシモンが、げんこつも忘れた様子で歓声を上げた。

「わぁっ、何これめっちゃいい匂いする！」

「ベルベネット子爵の別邸にあったものだ。味は保証する。だが、食いたくないなら食わないでもいいぞ。今すぐ食べないなら返せ」

「えっ、やだよもったいない！　そんな上等な菓子食べたことねぇもん！」

ジェドに発破をかけられたシモンが、遠慮もなくなって、菓子の包みを解きにかかった。

少しすれば歩けるくらいまで回復するという。ひとまずは安心だ。

——残すことは、あと、もう一つ。

「待たせたな」

ジェドが振り返る。

そこには、相棒獣たちが距離を置いて囲む亡霊の姿があった。うなだれるように静かに座る亡霊は、もはや戦う気力も消え失せていた。

カルロよりもやや大きいことには、改めて驚かされる。

しかし黒い霧のようなモノをうっすらとまとっているが、落ち着きが戻った彼は、今や大型級の一頭の白獣にしか見えなかった。

「なぜ、こんなことをした？」

《……そんなこと、もう話しただろう》

獣騎士がどうなろうと知ったことではない。そう恨む程の思いで、シモンを無理やり騎獣させた。

先程、たしかに聞いた。けれどジェドは黙り込む。

彼に深い思いやりの目で見つめられた亡霊が、表情をくしゃりとゆがめた。もう黙っていられなくなったように胸の内を吐く。

《伯爵。我らが故郷の地の領主よ。どうしてあなたは、あのお方を助けてはくださらなかったのだ》

亡霊の声も、目も、深い嘆きに満ちていた。

――その思いが悔いとなり、憎しみとなって彼を亡霊としてよみがえらせた。

リズを助けたことで、少なからず、当時助けに行けなかった心残りは軽減したようだ。今は理性もあった。

冷静さが戻ったその瞳は、ここにいるどの白獣よりも豊かに感情を映しているように見えた。思慮深さもうかがえる。

元は、とても優しく気高い白獣だったのだろう。

カルロが、戦士、と呼んでいたくらいに。

「――お前が、どのことを言っているのか、今の伯爵である俺にはわからない」

やがて、ジェドが真摯な声でそう切り出した。

正直な姿勢ではあったが、でも亡霊は、当時の伯爵だと思って心から問いかけているのだ。事実をここで突きつけるのは、つらい気がした。

止めようとしたリズは、ハッと口をつぐんだ。

亡霊の目を真っすぐ見たジェドの青い瞳には、迷いのない、誰もが見とれるあの強い輝きが宿っていた。

「けれど約束しよう、古き時代を生きた白獣よ。俺は白獣のため、守りたい者たちのための領主でいよう。そして、見初めた者のためならば、どんな運命の荒波がこようとも全力で立ち向かう。俺は、決して手を離さない」

初めて好きになった人のためなら――。

その言葉に、とくんっと胸が大きく甘く高鳴った。自分に言われたわけでもないのに鼓動が速まる。

そういえば、あの夜の言葉の意味を、まだきちんと尋ねられていない。

リズは、ドキドキしている胸に手を押あてた。とても素敵な人。彼はもしかして本気で、私を婚約者にと望んでくれているの？

その時、亡霊がゆっくりと頭を下げた。

《伯爵、感謝する。それを聞いて、魂は軽くなった》

亡霊の輪郭が、黒い霧と重なってゆらゆらと揺れている。この世から、今にも離れようとしているかのようだった。

別れが近いのだと、リズはコーマックたちと共に気づいた。

「もう、逝けそうなのか」

《そうなのかもしれない。以前終わった時と違って、まぶたが重いのだ》

ジェドに答えた亡霊が、改めて深々と頭を下げる。

《我は数百年もの間、土地と同族を守護し続けてきた古き白獣。もし、生まれ変わることがあるのなら……願わくは、もう一度、グレインベルトの地の一頭として戻りたいと思う》

白獣として生まれたことを恨んでいた亡霊。そんな彼が、もう一度、グレインベルトで白獣として生まれたいと望んでいる。

その願いが、どうか叶ってほしい。

彼の魂も、無事故郷へ戻れますように——。

リズは、願いを胸にカルロを見てしまった。白獣の女王ならできないだろうか。すると、彼が浅くうなずいてきた。

——すべての白獣の魂は、女王の元へ帰る。そして、望めば生まれ変われる。

不思議だ。リズに動物の言葉などわかるはずがないのに、そうカルロが応えてくれている気がした。

《そこの子供よ、悪かったな》

「うえっ?」

空になった菓子の袋を、話の邪魔をしないよう集めていたシモンの肩がはねた。ゴミをよこせと手を出していた獣騎士も、びくっとした。

《この体は解放しよう》

そう告げられた直後、亡霊は消失した。

黒い霧が放たれたのち、そこには痩せた山狼が残されていた。いったん獣騎士団のところで治療するべく、トナーたちが運ぶ準備に動き出した。

終章　そして、事件の終わり

用意を整えたのち、全員が騎獣した。リズはジェドが、シモンはコーマックが自分の相棒獣の前に乗せた。

「さぁ、帰るか」

「ベルベネット子爵への挨拶は、しなくてよかったんですか？」

「後で知らせは出すと言ってある」

カルロに騎獣したジェドが、いらんと手を振って答えた。屋敷での二人を思い出して、リズとコーマックは少し笑ってしまった。

騎獣した獣騎士団は、ジェドの合図でその場から飛び立った。

相棒獣たちは駆けるように空へ向かい、あっという間に上空飛行へと入る。

「もふもふだなぁ」

こんなに高く飛んだことはなかったのか。眼下を呆けて眺めていたシモンが、エリーに目線を戻してそう言った。

その眼差しが、ふっと遠くでも見るようにぼんやりとする。

「俺、戦闘獣に乗っているとか、夢みたいだ」

「夢ではなく、現実ですよ。君が騎獣していた亡霊も白獣だったのですが……」

「亡霊だから空を飛ぶんだろうな、て思ってたんだ」

シモンが、手を動かしてエリーをふもふもする。

「俺が乗っても、平気なの？　あんたの相棒獣なんでしょ？」

「君は獣騎士になれる人間ですから、大丈夫なんですよ」

コーマックがわかりやすく述べた。

しかし、シモンは実感がないらしい。しばらくうーんと考え、灰色（アッシュ）の髪を風に揺らしていた。

「つまり、俺、どうしたらいいの？」

「お前は白獣と〝相棒〟になれた。それは、お前が獣騎士候補だからだ」

あえて彼が考えているのを待っていたジェドが、シモンに答えた。

「獣騎士候補？　それって、獣騎士になれる人ってこと……？」

「そうだ。お前には、獣騎士になれる素質がある。そのために、うちで獣騎士として研修してもらう」

シモンが考え込んだ。その様子を、ジェドが横目に見ている。

「それってさ、訓練ってやつ？」

「訓練はその次だ。白獣と獣騎士のことを学びながら、獣騎士団での仕事を覚えてもらうのが研修の目的でもある。それから縁があれば――」

　そこでジェドが、違うなと頭を振った。

「いや、お前は必ず相棒になる白獣と出会えるだろう。何せ、あの強い白獣の亡霊が、無意識にも選んだ〝未来の獣騎士〟なんだからな」

　不運か、偶然かはわからない。けれど遠い地で白獣が亡霊としてよみがえり、シモンと出会って死者も出さなかったのは奇跡にも等しい。

　その縁は、まるで運命にも感じた。

「あの、さ」

　シモンが、もじもじと言葉を切り出した。

「なんだ」

　ジェドがわざとそっけなく聞き返した。シモンが言いやすいよう配慮したのだとわかって、リズもみんなと同じく引き続き黙って見ていた。

「帰るって言ってたけど、俺も『帰る』なの？」

「それはそうだろう。お前も、今日から獣騎士団の一員だ。俺たち獣騎士も、戦闘獣も、一緒に暮らす家族みたいなもんだ」

　十五歳の彼にもわかりやすいよう伝えたジェドの言葉からは、普段の彼の獣騎士団への思いがわかるようだった。

　リズは『家族』という言い方に、温かな気持ちが胸にあふれた。彼を昔から知っているコーマットナーたちが、照れ隠しみたいにはにかんでいる。

　トナーたちが、照れ隠しみたいにはにかんでいる。彼を昔から知っているコーマックは、ただ穏やかな横顔を見せていた。

「お前は、数少ない選ばれた獣騎士だ。才能もある。動物まで愛する気持ちがあるから、グレインベルトも肌に合うだろう」

「……動物、いっぱいいるの？」

「大自然に囲まれているからな。お前は、きっといい獣騎士になるよ」

　ジェドが、こんなに言葉で褒めるのも少ない。

　彼なりに励ましているのだろう。その見とれてしまう気真面目な顔を、リズは肩越しに盗み見て思った。

「──そ、っかぁ。そこが、俺の居場所なんだ」

　ややあってから口を開いたシモンは、子供っぽい表情で頬も少し染まっていた。恥ずかしくなるくらいうれしいみたいだ。

リズは、シモンが『自分なんて』と言わなくなったことに喜びを覚えた。

やっぱり団長様は、すごい人だ。

「ふふっ。獣騎士団には、白獣の子もいるのよ」

「マジで？　大人がこれだったら、子供って絶対めっちゃもふもふじゃん！　いてっ」

「リズちゃんが先輩になるんだから、タメ口はやめろよな」

そばから、相棒獣をひらりと寄せてトナーが軽くげんこつを見舞った。コーマックは苦笑いを浮かべつつも、ありがたそうだ。

そこでシモンが、ハタとジェドを見た。

「待ってよ。でもさ、俺の罪は」

「お前は、獣騎士団で刑罰も含めてすべて引き取る。おかげでこれから少し俺は忙しくなる。当面、賠償金分はタダ働きだ」

ふんっと答えたジェドの横顔に、シモンが目を丸くする。

リズは残っていた不安も吹き飛んだ。喜び一色で赤紫色（グレープガーネット）の瞳を濡らし、後ろの彼にぽすんっと背中を押しあてた。

「団長様っ」

「頼むから、そんな露骨な目を向けるな」

かわいくて困る。そんなジェドの表情もあって、獣騎士たちが満面の笑みで野次を飛ばした。

「タダ働きって、団長鬼だ！」

「さすが獣騎士団一の鬼上司！　ひってぇ！」

そんな声を聞いた途端、シモンが腹を抱えて笑いだした。

「あっははは！　『タダ働き』か、いいじゃん！　屋根付きの寝床があって、三食ついていて、……全然軽い罰じゃんか」

その声が、途中で小さくなって震えた。

笑いながらも目をこするシモンを、やれやれとコーマックが後ろから支えなおした。

よくがんばりましたねと、頭をなでる。

その時、カルロが鼻を鳴らした。

「ふんっ」

もう声を発せなくなった彼が、ぐいっと鼻先で向こうを差す。なんだろうと思ったリズは、不意に目を見開いた。

「あっ」

西の方向、ベルベネット子爵の領地の境目になっている山々の向こうに、自分の村が小さく見えた。

　気づいたジェドが、腹を抱いている腕でリズを引き寄せる。

「なんなら、一晩は故郷で過ごすか？」

「え？」

　密着した温もりだけでなく、耳元でささやく低い声にドキドキした。

「今回は、仕事で無理やり里帰りさせた。俺の方からきちんとご両親に説明して、特別休暇にして、明日、俺とカルロで迎えにきてもいい」

　今は、いつだって、どこへだって飛んでいける。

　どんなところにいたって、望んだ時間に――けれど、リズは少し考えて、すぐ首を小さく横に振った。

「いえ、いいんです。私が一時帰ってきたことを、お父さんもお母さんも、みんなもとても喜んでくれましたから。それに……」

「それに？」

「私が、離れたくないんです。村にいたら、カルロとも一緒にいられないのも、とても寂しくて」

　リズにとって、初めて教育したかけがえのないかわいい戦闘獣だった。

「『カルロとも』ということは、そこには俺が含まれていると取っても？」

思いがけない問いかけに、心臓が大きくはねた。

どうしよう。つい、本心を口にしてしまった。図星で動けないでいると、ジェドが耳元にさらに唇を寄せてきた。

「リズ、答えて」

「うっ、その……はい」

甘い彼の声に、かぁっと顔が熱くなった。いつの間にか、支える腕がリズの肩をしっかり抱きしめている。

「だから別邸で同じ部屋になった時、もっと意識したのか？」

「そ、その、それもあります」

横顔を覗き込んでくるジェドの視線に、リズのドキドキはピークに達した。二人を包む空気が濃厚になっている気がする。

リズは耳に触れる吐息に、たまらず白状した。

「じ、実は、自分の家で久しぶりに眠った時、カルロと一緒にいられないんだなって、とても寂しくなってしまったんです。団長様のご両親のところでは、一緒に寝ることもできたのに……そんなことも、できないんだなと」

思い出したら胸がきゅっとした。

その時、聞き耳を立てていたカルロが、不意に尻尾をよこしてきた。

「え？　もしかして、何か言っているの？」

「カルロは『自分も一緒に寝られる時間を気に入っている』と言っている」

ジェドが教えてくれた。

たまらず胸に思いが込み上げ、リズは目を潤ませてカルロをなでた。

「カルロ。私、あの日の夜、とても寂しかったのよ。ずっと、ああやって三人で一緒にいられたらって」

そう答えたところで、ハタとする。

抱いた願いの中には当然のようにジェドがいた。カルロだけじゃない。彼もいて、初めてその寂しさは消えてくれるのだ、とリズは気づいた。

肩を抱きしめ、支えてくれている腕に、ぎゅっと力が込められるのを感じた。

「じゃあ――俺のところに来ればいい」

「え？」

ぱっと振り返ると、そこには少し赤くなったジェドの横顔があった。

「俺の屋敷なら、カルロとも一緒に住める」

それって……？

胸の鼓動が、徐々に高まっていく。いつの間にか、全員が黙ってリズとジェドを見守っていた。

そんな周りを見渡していたシモンが、ふと「あ」と声を漏らした。

「もしかしてあの団長さん、お姉さんにホの字だったの？　というか同衾って、すでに付き合ったりしている感じ？　なーんだ。そりゃあ、取引だなんて悪いこと言ったなぁ――もがっ」

ませたシモンの口を、ひとまずコーマックが押さえた。

リズはどきまぎしながらも、気持ちが抑えられず口を開いていた。

「その、ずっと聞きたかったんです。この前の、夜のこと……」

思い出したら、胸がうるさい程高鳴った。せっかく勇気を振りしぼった言葉も途切れてしまう。

するとジェドが、小さく咳払いした。

「少し前に口走ってしまったが、その、……俺は『未来の婚約者』のことを、本当のことにしたいと思っている」

本物の、恋人に。

リズは心の中でつぶやいた。子爵邸に泊まった夜、ジェドに言われたことだった。

それは婚約をして、ゆくゆく彼の妻になるということ——。

『見初めた人を離さない』

先程、ジェドが亡霊に告げていた言葉がよみがえった。

あれは、紛れもなく彼の本心だった。そう思っていると、続いた彼の言葉に心臓がはねた。

「リズ、俺のところに嫁いでこないか？」

びっくりして、リズは潤った赤紫色（グレープガーネット）の目を見開いた。

嫁ぐ。その言葉に、胸は早鐘を打って声も出なくなった。それを察したのか、ジェドが抱いた肩を少しずらして、リズの目を覗き込んできた。

「お前は鈍いから、しっかり伝えようと思う」

「も、もう十分伝わっています」

「いや、それでも言わせてもらう——リズ、結婚しよう」

ストレートな言葉に、リズはかぁっと耳まで真っ赤になった。

周りのはやし立てる口笛すら耳に入ってこない。ドキドキしすぎて、プロポーズがうれしくって、頭の中は一気に騒がしくなる。

鈍いリズも、とうとう自分の気持ちに気づいてしまったからだ。ジェドに気持ちが傾いていくのを、もう止められそうにない。これからも、どんどん彼に惹かれていくだろう。

でも、それでいいの？と思ってもしまう。

自分は平凡な女の子で、ジェドは獣騎士団の団長で、伯爵で、領主様だ。そして彼は、世の女の子の誰もが見とれる美貌と、褒めずにはいられない素晴らしい才能にあふれている男性だった。

「あの、その……団長様は、私のことが好きなんですか？」

「好きだよ。一人の女の子として、俺はリズが好きだ」

本当に私でいいの？そんな気持ちで恐る恐る尋ねた途端、迷いもなく素直に答えられて、ますますリズは顔が熱くなった。

ああ、この人が好きだ。好きと言ってもらえて、こんなにもうれしくなるだなんて。

「リズは？」

まるで吹っ切れたみたいに、ジェドが凛々しく笑った。

「私も……団長様のこと、好きになってしまっています」

恥じらいながらもリズは答えた。こういう時に悪戯っぽく笑う目や、彼の人柄と生き方に惚れてしまっていた。

見た目まで憧れになってしまった今、もう、リズは自分の結婚相手にジェド以外の男性なんて考えられないのだ。

「ああ、すごくうれしいよ」

不意に、後ろから思いきり抱きしめられて、リズは慌てた。

「団長様っ。わ、私、早急に動かれると混乱してしまいそうなのですがっ」

これまで上司と部下だった。すぐに恋人っぽいことを要求されても、対応できる気がしない。

その前に心臓が持たない。自分を好きになってくれた人に、そして自分が好きな人に抱きしめられて、リズの心臓はうるさいくらいに高鳴っている。

「わかってる。いきなり襲ったりしないから」

ジェドが、耳元でくすりと笑うのが聞こえて赤面する。

「お、襲……⁉」

「結婚するまでに、ゆっくり進めていくさ。今日までだって、ずっと我慢して待ってきたんだから」

ずっとって、出会って間もなくには、もう好きだったってこと……？

リズは、ぶわぁっと耳まで真っ赤になった。トナーたちがにやにやしているのに気づいて、もう恥ずかしくってたまらない。

「み、みんな知ってたんですか⁉」

思わず叫んだら、コーマックが申し訳なさそうに笑う。

「ええ。団長、初めての恋で、挙動不審やらもういろいろと露骨でしたから」

「初、恋……！」

「あっははは！　リズちゃん超真っ赤だ！」

「カルロだって、とっくに気づいて団長の味方してたんだぜ」

それは知らなかった。だから一緒にいる時や、歩いていた時にジェドの方にくっつけようとしたの？

リズは顔が熱くて仕方がなかった。抱きしめてくれている逞しい腕にドキドキしっぱなしで、頭の中も体の感覚もジェドでいっぱいだ。

でも、うれしい。カルロも応援してくれていて、ジェドとこれからもずっと一緒にいられるだなんて。

「団長様、その……婚約したとしても、恋人からでいいですか？　私、本当にこういうこと全然わからなくって」

近くからちらりと目を合わせたら、ジェドがにっこりと笑った。

「うれしいよ」

その理想の上司のような素敵な笑顔に、リズはくらくらするのを自覚した。

初めて見たのは、獣騎士たちが慕う素の彼の表情だった。だからこそ、威力が二割増してくる。

思っていた以上に、彼の猫かぶりもリズ好みだったらしい。

「リズの口から、婚約者と聞けるなんて思ってもいなかったな。それからでも全然いい、本当にうれしいよ」

「うわっ」

ぎゅうっと抱きしめられて、リズの口から色気のない声が出た。

悠々と眺めていたシモンが、コーマックの前から口笛を吹いてはやし立てる。他の獣騎士たちも「おー」とすっかり傍観者だ。

恥ずかしい。とにかく、もうもう恥ずかしすぎる。

「リズ。帰ったら、すぐ婚約の手続きをしよう」

不意に、ちゅっと顔の横に口づけされた。

「ちょっ、そ、そういうのはいきなりずるいですっ」

「仕方ないだろう。うれしいんだから。キスしたいのを我慢しているだけ、ありがたく思え」

「キス⁉」

経験のない初心なリズは、その単語だけで真っ赤になる。みんなが見ている前でそんなことされたら、心臓がもたない。

そう思って見つめていると、コツンと額同士をくっつけられた。

「俺は、お前とずっとキスしたくてたまらなかったんだぞ」

そんなことを打ち明けられ、近くから熱のこもった青い目で見つめられて、心臓が止まりそうになった。

少し角度を変えたら、あっさり唇を奪われてしまいそうだ。

そう想像した途端、額がくっついている熱を猛烈に意識して、リズはあたふたした。

「そういうのをストレートに言ってこないでくださいっ」

「リズは鈍いとわかったからな。もう遠慮しないことにした」

ジェドがうれしそうに笑った。あまりにも自然体な笑顔だったので、リズはもう叱れなくなってしまう。

そんなふうに笑う彼も、好きだ。お互いの気持ちを伝え合ったことでその笑顔が見られて、よかったと思う。

恥ずかしい一方、好意を口で伝えられるのも悪くない気がしていた。わからないことがあるより、こうして伝え合える関係がいい。

「キスは……また今度お願いします」

だから、リズも思いを伝えることにした。好きな人とすることを考えたら、期待もしてしまって胸がときめいた。

「ふうん、許可を取ったらしていいのか」

ジェドが意地悪ににやりとした。

その顔に、またしてもリズは胸が高鳴った。とてもドキドキした。

「きょ、許可というか、心の準備をしたいというか……あっ」

「じゃあ、それでいいよ」

額が離れたかと思ったら、手を添えられて頬に唇を押しつけられた。

あっという間に熱は離れていく。パッとリズが頬を手で押さえたら、ジェドが唇をぺろりと怪しげになめた。

「それはそれで、そそられる。楽しみに待てそうだ」

リズは、もう恥ずかしくって顔を手で隠した。

目の前にいるこの人は、本当にあの鬼上司の団長様なのだろうか。笑顔だけでなく、声も全部甘くって、これから心臓がもつのか心配だ。

「さぁ、獣騎士団に帰ろうか」

くくっと喉の奥で笑ったジェドが、満足げに言った。

ジェドとリズを乗せているカルロが、うれしくってたまらない様子で「ふん！」と鼻を鳴らした。

直後、カルロは大きな体を一気に躍らせた。誇らしげにスピードを上げて先頭を飛行していく彼に、コーマックたちの相棒獣たちも続いた。

飛行する戦闘獣たちの白い体は、西日にきらきらと映えていた。その隊列は地上からも見えて、まるで素敵な未来を予感させた。

特別書き下ろし番外編

獣騎士団、今日から一人増えます

獣騎士候補、シモンが獣騎士団に新人として加わることになった。

ベルベネット子爵の領地を飛び立ったのち、帰還した獣騎士団で、ジェドから全団員にそれが報告された。

留守を預かっていた獣騎士たちも、久しぶりの獣騎士を大歓迎した。改めて紹介を受けたのち、騎獣までやってのけた異例の獣騎士候補に群がった。

「基礎飛ばして実践って、お前すげぇな。もう獣騎士じゃん」

「うちは年中人員不足だからな！　新入りは大歓迎だぜ」

「は～、なるほどな。こりゃあ将来、別館の女子にきゃーきゃー言われるイケメンになりそうだなぁ」

「それにしても、ほっそいな。食堂に案内したら、まずはたらふく食わせるか」

「よろしくシモン君」

帰還した後、腰を落ち着ける暇もなくシモンの部屋の準備に取りかかった。東側の宿泊部屋の一室が与えられ、一通り掃除などを済ませる。

そして休みも挟まず、リズたちは再び外出した。

町で買い物に回った。リズもコーマックも荷物持ちだ。トナーたち第三小隊も、引き続き協力して大がかりな買い出しを手伝った。

「いいよ私服までは！」

「うちで面倒を見るんだ、当然だろう」

次から次へと店を渡り歩くジェドにおののき、シモンがとうとう軍服を引っ張って止めにかかった。

しかし、ジェドは悠々と彼を引きずり歩く。

「机もいるな。店主、この展示されている文具と棚も一式で欲しい。獣騎士団まで届けてくれ」

「承知いたしました、領主様」

「高い！　あの私服も高いけど、こっちは超高額だよ!?　お姉さんこの金銭感覚がわからないボスとめて！　いたっ」

「ボスではなく団長、だ」

なんやかんやでいい感じだ。お店の人も、「おやまぁ」「あらあら」と微笑ましそうだった。

続いて、獣騎士団の軍服を受注している仕立て屋に向かった。

そこでサイズを測られている間も、シモンはぶつぶつと言っていた。

「別に、わざわざ新品を作らせなくったって……余ってる軍服、適当に袖を曲げればいいじゃん……。俺、どうせもっと大きくなるよ？」

「身長が伸びれば、体格に合わせて新調すればいい」

「うへぇっ、もったいない！　いてっ」

「動くな、正確に測定できないだろうが」

またしてもジェドの軽いげんこつが落ちた。店主が、かっぷくのいい体を揺らしながら「珍しいですな」と言った。

リズは、その様子を困ったように微笑んで見つめていた。

外に出てからも、ずっと賑やかだ。ジェドと想いを伝え合って、リズは彼と本物の恋人同士となった。初めはどうなることかと思ってドキドキしたけれど、気づいたら彼とも普通に話せていた。

それがうれしくもあった。向こうではトナーたちが、女性店員に対応してもらってネクタイピンなどを見繕っている。

コーマックが、ジェドのそばから言う。

「サイズが大きいと、危ないですよ。動いたり走ったり、剣と騎獣の訓練だってありますから」

「だってさぁ……」

唇を尖らせたシモンは、言葉を続けなかった。慣れない状況にそわそわしている様子を、店主が小さく笑っていた。

「よし、きちんと終わったな」

「ちぇっ。頭をぐりぐりするなよ」

「次だ」

「まだあんの⁉」

脱兎のごとくシモンが踵を返した。だが、すかさずジェドがつかまえていた。

それからも二人の攻防が続いたが、圧倒的にジェド優勢で、淡々と店回りが進んでいった。

おかげで短い時間で、どうにか必要な店はすべて回ることができた。整える程度に散髪されたシモンの髪は、この地方では珍しい灰色が綺麗に映えた。

「それじゃ、いったん頼んだぞ」

「はい」

獣騎士団の建物に戻ってすぐ、ジェドが指示してコーマックが答えた。彼と別れたリズたちは、シモンの部屋へと荷物を運んだ。

◆§◆§◆

部屋へ荷物を運び入れてすぐ、コーマックたちとは別行動になった。

残ったリズは、シモンの部屋の準備を仕上げにかかった。

買ってきた生活用品を整理整頓し、服も丁寧に伸ばして衣装棚にしまう。西日に干して風にあてていたシーツなども、ベッドにセットした。

帰ってきた相棒獣たちの世話を終えた獣騎士たちが加わって、高い所の作業など協力してくれた。

「んで？　副団長たちは、夕食までには戻る感じなのか？」

ふっくらとしたクッションに、枕カバーをセットしたところで尋ねられた。ぽんぽんと叩いて位置を整えたリズは、「はい」と答えて振り返る。

「私も驚いたんですけど、お風呂はほとんど雨水や川で済ませていたそうです。いったん大浴場の使い方の説明も兼ねて、一緒に汗を流すことになったんですよ」

「わーお。そりゃワンパクだ」

「副団長も、苦労しそうだなぁ」

リズは、それに対して苦笑いを返すにとどめた。山には源泉もあるとシモンが話していたくだりにも、コーマックは頭を抱えていた。

たぶん、覚えてもらうことは多いだろう。

「あのなかなかの顔立ちを見ていると、上品っぽくもあるんだけどなぁ」

「髪も、少しすっきりしたしな」

もう少し短く整えようかと提案したのだが、シモンが嫌がった。そこで、いったん整える程度で散髪されたのだ。

最後に、室内が整ったことを全員で確認した。

男性用の下着や肌着やケア用品に関しては、しまった時と同様、獣騎士たちの方が見てくれた。

「あ。そういえば夕食は、みんなで食べようって言っていました。知らせは来ていましたか?」

部屋を出たところで、リズは思い出して言った。

「お〜、回ってきてたぜ」

「肉つけさせるために、ガッツリ肉メニューにするって聞いたな」

「みんなで食堂に大集合して食うってのも、久しぶりな気がするなぁ」

歩きながら、頭の後ろに両手をやって獣騎士がリズを見下ろす。

「本館内と大浴場となると、新入り君の獣舎への案内は明日だな」

「はい。でもその前に、幼獣舎を案内する約束をしているんです」

明日の朝一番、リズが幼獣の世話に向かう際に案内する予定だった。

「幼獣の話をしたら、シモン君に真っ先に希望されて。ふふっ、団長様もしぶしぶの顔で、仕方ないなとすぐにオーケーを出してくれたんですよ」

「そっか。よかったな」

笑ったリズを見て、獣騎士たちもつられてほっこり笑顔を返した。

「そういえば、あの山狼もよくなるといいな。トナーたちの班の一部で、預けに行ったんだろ?」

「はい。途中で合流したんですけど、少し休ませれば元気になるそうです。回復したら、動物病院から連絡が入ることになっています」

山狼が元気になったら、カルロたちに騎獣して送り届ける予定だ。

その時には、リズは両親のところに立ち寄って、ジェドと一緒に話をする予定でもいた。

実は彼が団長だったこと、お付き合いをすることになって婚約する旨。そしてコーマックは副団長だったこと……。

きっと、いろいろと卒倒されるだろうなとは思っている。

でも、ジェドと一緒になら、全部乗り越えていけるだろう。


シモンの部屋を出た後、まだ仕事が残っている獣騎士たちと別れ、リズは一人館内を歩いた。

夕焼けの日差しが、まだまぶしく廊下を照らし出している。

向かうリズの足取りは、疲労知らずのように軽かった。帰ってきたカルロのブラッシングに関しては、彼女が引き受けていたのだ。

シモンの方は、風呂まで入るのでもうしばらくかかるだろう。予定より部屋の仕上げも早く済んだし、時間はたっぷりある。

「今日は、がっつりブラッシングするわよ！」

出張調査の間は、携帯用の物で最低限しか触れ合えなかった。あの素晴らしいもふもふの尻尾まで、さらっさらにしてやるのだ。

白獣は、ブラッシングが好きだ。とても気持ちがいいらしい。それは獣騎士団に所属している彼らへの、大切な交流の一つでもある。

リズだって、カルロの世話をしたいと思っていたから、ジェドに「今日は任せた」と言われてうれしくも思っていた。

とても素敵なご褒美だ。疲れなんて全然感じない。

「ふふっ。団長様のお父様のブラッシング道具、留守だったみんなにも好評だったみたいでよかった」

お給料で、ブラッシング室用にいくつか買えたりしないだろうか？

だが、それは果たしてリズの給料で買える品物なのか、どうなのか……いや、食費を節約してなんかと回せば……。

そんなことを本気で吟味した時だった。

「ん？　何かしら」

ふと、何やら騒ぐ声が遠くから聞こえてきた。

それは徐々に近さを増している。移動が早いみたいだけれど、と不思議に思いながら角を曲がった――時だった。

「シモン止まりなさいっ！」

「嫌に決まってんじゃん！　しかも、みんなで風呂とか変！」

「大浴場ってのはそんなもんだ、馬鹿っ」

「お前は野生児か！」

目に飛び込んできた光景に、リズは短い悲鳴を上げた。

ぎゃあぎゃあ言い合っているのは、買い物を終えた後に、シモンの部屋で別れたコーマックたちだった。

彼らは軍服のコートもジャケットも脱いでいて、脱衣所から慌てて飛び出したみたいな格好だ。そしてシモンは――腰にタオルを巻いているだけだった。

「あっ、お姉さん！」

シモンがリズに気づいて、ぱっと目を合わせた。

「ちょうどいいところに！　お姉さん助けて！」

「きゃあぁぁぁ！　来ないでシモン君！」

リズは目をつむると、咄嗟に両手でシモンの顔を思いっきり押し返した。

「いててて っ、お姉さん落ち着いてっ」

「いやあああっ！　お願いだから何か服を着て！」

「なんだよ、下は隠してるじゃん」

「そういう問題じゃないの！」

タオルが落ちてしまったら、全部見えちゃうじゃないの！

もうリズは真っ赤になってうつむく。目をつむっているせいで、余計に想像はかき立てられた。

「何。もしかしてお姉さんって、男の兄弟とかもなかった感じ？　いったぁ！」

「いいからっ、今すぐリズさんから離れなさい！」

ガツン！というげんこつの音。そして、コーマックの焦った叱りの声が聞こえた。

その直後、服の背中部分を掴まれるのを感じた。ぐいっと盾にされたのがわかった瞬間、リズは思わず目を開けた。

「ひえぇっ、シモン君嘘でしょう⁉」

肩越しに確認して、涙目になった。自分の背から、ひょこっと顔を覗かせているシモンがいた。

怖くて、首から下を見られない。

そんなリズの前で、トナーたちがじりじりとする。

「くそぉ、なんてすばしっこいガキなんだ」

「リズちゃんを盾にするとは」

「どうやってリズちゃんを突破すればいいんだっ」

そんなのはどうでもいいから、早くシモンを引き取ってほしい。

「な、何がどうしてこうなっているんですか」

リズは、困惑しきった目をコーマックへと向けた。思わず尋ねた途端、彼が「すみません」と疲労困憊気味に答えてきた。

「大浴場に置かれている物の使い方もわからなかったようなので、今のうちに教えておこうかと思ったら——石鹸のくだりで逃げられました」

「目に入ったら痛いやつだろ！」

すかさず後ろからシモンが文句を言った。がるるる、と威嚇するような表情だが威圧感はない。

リズは、もうもう彼の腰のタオルが気になって硬直する。

「おいいいいい！　君は馬鹿なのか⁉　それとも野生の狼か⁉」

拒否の姿勢で睨みつけるシモンに、トナーが叫んだ。

「『目に入ったら痛いやつ』という認識が、まずおかしい！」

「つか、こういう時にかわいい台詞を言い放つなよ！」

「何が『かわいい』だっ、俺はお前らよりイケメンだし！」

「くそっ、ムカツクけど事実……！」

途端に、獣騎士たちがそれぞれ苦悶の呻きを上げる。

すっかりシモンに押され気味だ。それを見たコーマックが、士気もがた落ちの部下たちを叱った。

「そんなこと言っている場合ですかっ。シモン君、いいですか、速やかにリズさんの後ろから出てらっしゃいっ」

「嫌だ！　俺、一人で入るし！」

「君、そんなことしたら、ぬるいお湯をかぶって終わりにするでしょう！」

「なんでわかるんだよ！　変態か！」

「そんなの、君を見ていたらわかります！」

珍しくコーマックが声を荒らげる。

シモンには、それ程まで大変困らされているらしい。先程の獣騎士の『苦労するなぁ』の言葉が、リズの脳裏をよぎっていった。

「あ」

その時、コーマックとトナーたちが揃ってこちらを見た。

「いてっ」

後ろからシモンの呻き声が聞こえた。

なんだろうと思って振り返ると、高い位置にジェドの顔があった。

「団長様！」

「大丈夫か？　リズ」

ジェドが、シモンの頭をギリギリと鷲掴みにしていた。リズに答えた彼の目が、直後冷ややかになってやや下へと移動する。

「何やら騒がしいと思ったら、やっぱりそうか」

「出たっ！」

シモンが、顔を見た途端に愕然とした声を上げた。

彼を見下ろすジェドが、あきれ返ったように目を細める。

「あのな。俺はお前のせいで、帰ってきてからリズといちゃいちゃするどころか、休む暇もなく対応しているというのに」

「じゃあ出てくるなよ！」

シモンは、すっかりジェドが苦手みたいだ。コーマックたちの時と違って、余裕もなく慌ててじたばたともがいている。

というか、いちゃいちゃって。

リズは、ジェドが普段そんなこと考えていたのかと思って、頬が熱くなった。気持ちを隠しもしない彼を前に、両思いになった実感が込み上げる。

「というかな、リズの前でタオル一枚で出るな。お前だろうと沈めるぞ」

「なんでだよ。俺、下、ちゃんと隠してるだろ」

「そういう問題じゃない。リズは、男の体を見たことがないから耐性がない。一番に俺の体を見せる予定でいるんだ、隠せ」

「うわっ、心が狭い大人だ！」

「なんとでも言え」

ぎゃあぎゃあ言うシモンを物ともせず、ジェドは余裕綽々で堂々述べた。

そのやりとりを見ているリズは、真っ赤な顔でふるふる震えていた。コーマックたちが「うわー……」と同情の目を向けている。

男性の裸を見る機会、と考えると、一つしか浮かばない。

「な、なんてことを考えているんですか団長様っ」

恥ずかしさのあまり涙目で言ったら、ジェドが気にしたふうもなく「しまったな」と口元に手をあてた。

「舞い上がって、つい先の希望予定まで口から出た」

「いつのことを想定して言っているんですかっ」

「いつって、結婚した後の――」

「もういいです！」

リズは、恥ずかしすぎて咄嗟にジェドの口を両手で塞いだ。

気が早い。リズだって、一人の異性としてジェドが好きだ。でも、これから婚約しても大丈夫なのかしらと、やっぱり心配にもなる。

真っ赤なリズの顔を見て、ジェドが押し黙る。

「男の兄弟もいないのに、そんなこと言うからだバーカ」

シモンがせいいっぱいの反抗のように言った。するとジェドの腕が、彼の首に回ってガッツリ拘束した。

「よし。ここは俺がじきじきに風呂を教えてやろう」

「えぇえっ！　あんた忙しいんでしょう⁉」

「先に風呂に入って汗を流すことにした。コーマック、お前らも行くぞ」

助かったと、コーマックが胸をなで下ろして続く。

「リズさん、すみませんでした」

「いえ、私は別に……」

そういえば、ジェドのせいですっかり忘れていた。リズは、そろりそろりとシモンから顔をそむける。

それにも満足した顔で、ジェドがシモンを引っ張っていく。その後に「また後でなリズちゃん」とトナーたちも続いた。

◆§◆§◆

まったく、騒がしいくらいに賑やかだ。

カルロのブラッシングをしていたリズは、思い返して深くため息をついた。するとガリガリと地面を掘る音が聞こえた。

【どうした】

カルロがそう書いた。ブラッシングを一通り丁寧にされたせいか、上機嫌に尻尾が揺れている。

「実は、シモン君がね――」

リズは、カルロにざっと話して聞かせた。ついでにジェドのことも言った。

カルロが少し考えるふうに視線を上げる。

【オスは、仕方がない】

「なんの話？」

【いや。別に】

カルロが、回答する箇所を間違えたかのように、速やかに字を消した。優先順位が、つい相棒騎士の方になったとリズは気づかない。

【あれは、元気な子供だな】

「元気……うん、そうね。ずっと賑やかだわ」

笑顔なのに悲しそうに話したり、一歩引いて黙り込んだりしない。

そんな暇もないくらいに明るい。シモンは正面から、正直に真っすぐ、心を開いてみんなにぶつかっていた。

それは、とても喜ばしいことだ。それなのに、どうして私はため息なんてついているんだろう？

「カルロはすごいわね。子供のこと、なんでもわかっちゃうのかしら」

【――なんでもは、知らない。俺は、人間をよくは知らないから】

「そうかしら」

リズは、彼もジェドみたいに素直じゃないことを思い出して、くすくす笑った。

その様子を見たカルロが、「ふんっ」と鼻を鳴らした。

【今日は、早めに行ってきていい】

「カルロ！」

リズは目を輝かせた。シモンのために何かできることを、と考えたことなんて、お見通しだったらしい。

さすがカルロだ。彼に相談してよかったと思っていると、カルロがまた照れ隠しのようなしかめ面をして、爪で器用にガリガリと字を刻んだ。

【その代わり、明日は幼子よりも先に、俺の番】

「もちろんよ！　シモン君と一緒に、先にこっちに来るわね！」

リズは、カルロのもふもふの首に抱きついた。なでくり回すと、彼がまんざらでもなさそうにぶんぶん尻尾を振った。

「じゃあ、夕食の準備、私も手伝ってくるわね！」

リズは立ち上がり意気込んだ。その元気になった姿に、カルロが見送るように尻尾を振って狸寝入りを決め込んだ。

カルロのところを出てから、リズは食堂を手伝った。

獣騎士団の本館にも、別館と同じく専用食堂が設けられている。

外から人は入れられないので、料理を頼んで正門まで配達してもらう。または利用する際には、獣騎士たちが交代で対応にあたった。

野営の時の訓練にもなるのだとか。

「その成果かしら……まさかの、私の方が料理の腕が一番下……」

一般的な家庭料理のスピードが、軍人式の大量生産型に追いつかない、というのが正確なところだろうか。

手際のいい獣騎士のそばで、結局具材を少しカットするだけで終わってしまった。

「量も多いから、鍋を振るのはリズちゃんには無理だと思うし」

「まっ、仕方ないって。肉、丸々解体したこともないだろ?」

はははと笑う獣騎士の横で、リズはうーんと悩ましげに考える。

たしかに、肉の解体では巨大な厨房台が見られなかった。村では狩猟も行われていたが、切り分けるのもすべて男たちの役目だった。

「貯蔵庫にあるお肉って、みなさんが分けてもいたんですね……」

「そりゃあ鍛錬にもなるし、捌く技術は、活動でも必須になるからな。山で数日こもることになった時、現場で食糧と携帯食を確保できなかったら大変だろ」

正論だ。非戦闘員のリズも、よく理解できた。

その後、早々に支度は整って休憩になった。リズが紅茶を淹れると、食堂に居合わせた一同がテーブルの一席で一息つく。

その時、ひょこっと食堂の入り口からシモンが顔を覗かせた。

「あ。お姉さん、本当にここにいた」

言いながら、彼が入ってくる。

「その服、似合ってるわよ」

リズはにこっと笑いかけた。きちんと風呂に入ったせいか、白い肌も清潔感が増して、品のいい坊っちゃんにも見えた。

だがシモンは、疑いの目で服を引っ張る。

「そうかなぁ。なんかベストまで着せられて、着なれない……」

「こらこら、シャツのボタンを開けるなっ」

ふらっとしかけたリズに気づいた獣騎士の一人が、目の前までやって来たシモンの動きを慌てて止めた。

「それで？　副団長たちはどうした？」

「仕事。俺のせいで日も暮れたのに、今日中に残りの手紙とか書くんだと。見て回ってこいって言われたけど、断ってこっちに来た」

答えるシモンは、ふて腐れ顔だった。

「ふうん。まだ夕食の時間には早いのに、なんで案内を断ってここに来たんだ？」

「お姉さん、こっちいるって聞いたから」

「私を探してたの？」

リズがきょとんとして尋ね返すと、シモンがうなずく。

「お姉さんに用があって。あと、『今の時間ならもう暇なメンバーが集まってるだけだから問題なし』とも言ってたから、こっちに突撃した」

「おい、それいったい誰がお前に教えた？」

「料理の手際が一番いいって言ゃぁいいのにな」

一番厨房で活躍した獣騎士が、後輩たちを思った表情で「トナーの班め」とちらりと愚痴った。

「それで？　リズちゃんのところに来た用って、なんなんだ？」

気を取りなおして一人の獣騎士が確認した。

すると、シモンが真剣な目をした。

「群れのボス――じゃなくて、あの団長さんに、一発食らわせてやろうと思って」

しばし、場に沈黙が漂った。

ややあってから、獣騎士がごくりと唾をのんで言う。

「さすが怖い者知らずの、ませガキ……」

「一発食らわせるって、あの団長だぞ？　背後取るのも無理なのに」

「つか、リズちゃん連れてどうすんの？」

もっともな質問が飛び出た。

獣騎士の誰もジェドに『一発食らわせる』なんて不可能なのに、リズならもっと無理だ。彼女も不思議に思っていた。

「策はもう考えてる」

シモンが強気で言ってた。獣騎士が「へぇ」と感心した声を上げる。

「それ、どんな策？」

「不意打ちで、お姉さんをプレゼントして、びっくりした顔をさせてやる」

「は……？」

突然自分のことが上がって、リズは目が点になった。

すると、獣騎士たちが途端に立ち上がった。

「それは面白そうだな！」

「どんなことすんのか、俺もめっちゃ興味あるわ」

「団長、戻ってきてからリズちゃんとの時間が取れてなかったみたいだし、ちょうどいいんじゃね？」

「そうそう、休憩は必要だって。ようやく恋人に一歩前進したんだろ？」

全員の目が不意にこちらを向いて、リズは動揺した。

「な、なんでそれを知っているんですかっ？」

「トナーたちが言いふらしてたぞ。発表あるまでは、外には内緒にしとくらしいけど」

「でもさ、別館の奴らも、向こうから見てて薄々団長のことに気づいて『まさかの団長様が初々しい恋愛っぷりを⁉』で、新たに盛り上がってる」

「嘘⁉」

「ほんと」

と、リズはシモンに手を取られた。

「えっ、シモン君⁉」

びっくりしている間にも、彼に引っ張られた。しかもリズの背中を、獣騎士たちがぐいぐい押していく。

「作戦決行だよお姉さん！」

「よっしゃ付き合うぜ新人君！　どうなるか、見たい！」

「ああ、これまで団長の片思いで迷惑被っていたが、それからはなくなると思うと心も晴れやかだぜ！」

「結婚までの婚約期間で、別の苦労が生まれそうな予感もするけどな！」

「いざっ、リズちゃんプレゼント大作戦へ！」

「えぇぇ！」

なんでそうなるの⁉

リズは胸の内で悲鳴を上げた。シモンと獣騎士たちのテンションについていけず、もう二の句も継げなかった。

◆§◆§◆

食堂を出た後、一向は真っすぐ団長の執務室を目指して歩く。

いったい、シモンは何をするつもりなのか。

手を引かれるリズは、不安で仕方がない。獣騎士たちはノリノリで、率先して彼らが案内したせいで早々に到着してしまった。

「突然訪問するなんて、やめた方がいいと思うんですよ」

リズは、自分が初めて訪問した時のことを思い出し、先輩である獣騎士たちにビクビクとして言った。

するとシモンが、どうしてそんなに萎縮しているのかと、不思議がる表情をした。

「就業時間は過ぎてるから、いつでも来いって言ってたよ」

「で、でも、団長様は残業でピリピリもしているわけで……」

「大丈夫だと思うぜ？ 団長、仕事の鬼だからな。自分が仕事やっている間は、確認したいことがあれば来いってスタンスだし」

その時、シモンが下からリズをしっかり覗き込んだ。

「お姉さん、こういうのは度胸なんだぜ」

にやりと、シモンが意地悪な笑みを浮かべた。そこには微塵の躊躇もなくて、リズはくらりとする。

度胸がどうとかの話ではない。そもそもジェドに痛い目をみさせられているのに、彼はなぜへこたれるどころかやり返す気満々なのか。

「お前の場合はさ、少しくらいは『緊張』って言葉を覚えた方がいい」

獣騎士が、リズも思っていることを指摘した。

だがシモンは無視する。

「団長さん!」

バーンッと扉を開け放った彼が、同時にそう叫んでリズは仰天した。

「あ?」

執務机にいたジェドが、しかめた顔を上げて険悪な声を発した。自分を呼んだシモンの姿を認めた途端、強く眉を寄せる。

「お前、入室のやり方は教えただろう」

「さっきは、よくも背中をごしごししてくれたな。その仕返しにきた!」

ビシリとシモンが指を突きつけた。

リズは、その発言にうっかり気が抜けそうになった。いったいどんなことが起こるのかと首を伸ばしていた獣騎士も、ついつぶやく。

「ここにきて、そんな子供みたいなこと言うなよ……」

「十五歳で、ませてもいるくせに言動がちょいちょいアレだよな……」

たしかに、とリズも思った。

室内にはジェドの他に、彼を手伝っているコーマックがいた。書類を手にそばで立っていた彼は、大変困惑した表情を浮かべている。

「リズさん、これはいったい……？」

「あ、すみません副団長様。私も、何がなんだか……」

無理やり引っ張ってこられた手前、リズもシモンの『びっくりした顔をさせる』については詳細を知らないでいる。

その時、獣騎士の一人が「副団長、ちょっと」と手招きして呼んだ。

部下の様子から、何かしら意図があるらしいとくみ取ったのか、優しい上司がこちらへと向かう。

それと入れ違うように、シモンがリズの手を引っ張って進んだ。

「えっ、ちょっとシモン君っ」

リズが慌てるも、彼はずんずん進んでいく。擦れ違いざま目で追いかけたコーマックを、獣騎士たちが待ちきれず引き寄せて、耳打ちした。

向かってこられたジェドも、ちょっと目を丸くしていた。けれどリズの手元を見て、すぐしかめ面に戻った。

「なんだよ。というか、リズの手を堂々と取るな――」

椅子を回して立ち上がりかけた彼の言葉が、そこで途切れた。近くまで迫ったシモンが、いきなりリズを横抱きにしたのだ。

「きゃあぁ⁉　何っ、なんなの⁉」

びっくりしたリズは短い悲鳴を上げた。まさか自分よりも身長の低い少年に、軽々と抱き上げられるなんて思ってもいなかった。

年下でもリズより力が強いというのは、たしかだったようだ。

と、次の瞬間、ぐんっと体が揺れた。驚いた直後にぽすんっと落とされた先は、ジェドの膝の上だった。

咄嗟にジェドが、リズの肩を抱いて支える。

「え……？」

「は……？」

近くから目が合って、ほぼ同時に呆気にとられた声を上げた。

リズは、膝抱きされている姿勢にかぁっと赤面した。逞しい腕の温もりに乙女的な恥じらいも込み上げる。

やや遅れて現状を把握したのか、ジェドも青い目を小さく見開いた。

それから――彼はとても驚いた顔をした。

「リ、リズ。その、これは」

不意打ちをくらったみたいに、ジェドの頬が赤くなる。ぶわりと彼の体温が上がるのを、リズは体が触れている部分から感じた。

するとシモンが、勝ち誇ったような笑い声を上げた。

「仕返し大成功！　あんた、意外とお姉さんにベタ惚れだったんだね」

「お前はっ」

「俺、こう見えても感謝してるんだぜ。応援もしてる」

思わずジェドが上げた説教の声は、シモンのはにかんだ笑顔で途切れた。彼はくすぐったそうにして、とてもうれしそうに笑っていた。

「服とか、靴とか、いろいろ買ってくれてありがとう。俺さ、『ここにいていいんだよ』って自分の居場所与えられたみたいで、ほんとうれしかったんだ」

「シモン……」

「あんた、不器用だし素直そうじゃないけど、めっちゃいいパパにもなりそう。あんたが俺のリーダーだぜ、改めてよろしく！」

照れ臭かったのか、シモンが歯を見せて笑うなり、元気いっぱいに部屋を飛び出していった。

まだ本館内は不慣れだろう。コーマックが慌てて「ちょっと待ちなさいっ」と追いかけ、獣騎士たちも気を利かせて退出する。

室内に、二人きり残された。

整った顎のラインから、男らしい喉まですぐそこに見えて、リズは途端に意識してしまった。

「ひぇえ、ごめんなさい団長様！　今すぐ降ろしてくださいっ」

とにかく近い、すぐそこに彼の顔がある。思わず両手で突っぱねたら、ジェドの目が怪しく光った。

「そういうことなら、ありがたく『不意打ちのサプライズプレゼント』を受け取っておこうかな」

「なっ、なんでプレゼントってわかるんですか⁉」

「男が一番うれしがるプレゼントも、あいつはよくわかってるみたいだから」

言いながら顎に指を添えられた。くすぐられ、唇が横顔に近づいていったかと思ったら、ちゅっと耳の手前にキスを落とされた。

「やっ、やだ団長様ったら！」

リズは、恥ずかしさで一気に体温が上昇した。慌てても全然腕はほどけず、今度は頬にも口づけされる。

「唇にはしてないだろう？　俺も少し疲れた、ご褒美が欲しい」

「ご、ご褒美って……！」

近くからねだるように見つめ返されて、リズは心臓が大きくはねた。

もう、いつだってキスができる距離感だ。

何よりジェドの目は、幸せそうに甘く微笑んでいた。仕事の顔じゃない。いつの間にか抱きしめられてもいて、どきまぎした。

「好きだよ、リズ」

目でも伝えてきた彼が、声に出してきた。

リズは、もうそれだけでくらくらしてしまった。きっと、何を要求されたって、彼女は今の彼に許してしまう気がする。

「唇はあきらめるから、触れてもいいか？」

「……団長様は、ずるいです」

もしかしたらキスするんじゃないかって、もうリズは期待してしまっている。

それを彼もとっくに承知なのだろう。少し顎を持ち上げている手の指先で、唇をくすぐってくる。

そのちょっとした仕草にも、リズの鼓動はどんどん速まっていく。

「それなら、キスをさせてくれる？」

「とっくに知っているくせに……私に言わせたいんですか？」

「許可を取ったらいいと言ったのは、リズだよ」

くすくすジェドが笑う。

そんなの、今だったら、答えはもう決まっている。

「いいですよ、団長様」

恥じらいながらも、リズは目を合わせて答えた。真っすぐ見つめ合うと、ジェドが優しく顔を包み込んでくれる。

「ありがとう、リズ」

ジェドの顔が近づく。リズは、高鳴る胸のままそっと目を閉じた。

恋人の呼吸で二人の唇が重なった。そっと触れるだけの初めてのキスは、なんだかとても甘くも感じた。

彼が、初めてのキスを、とても大切にしてくれているのがわかった。すぐに唇は離れていったけれど、切望するみたいに熱く見すえられる。

すべての緊張が溶けて、再び二人の唇が自然と合わさった。

「……っん」

優しくついばまれて、背中が甘く痺れた。ぴくんっとこわばった途端、ジェドはリズが怖くなる前に唇を離した。

「明日には、婚約指輪を作りに行こう」

「はい」

優しく抱きしめられ、リズはジェドの胸に頬をあてた。彼もとてもドキドキしているのが伝わってきた。

「キスもどんどんしていくから、覚悟しておけよ」

「うっ、そ、それは……」

「それから、いずれは俺のことも、名前で呼んでもらうから」

恥じらい困っているリズを、ジェドがうれしそうに笑ってぎゅっとした。

仕事中なのにと思ったけれど、だからこそ喜ばしいことだとも気づく。

仕事の鬼である彼が、一休憩を楽しんでいるのだ。

気づけばリズも、心から笑っていた。

了

あとがき

百門一新です。このたびは多くの作品の中から、本作をお手に取っていただきまして誠にありがとうございます。

獣騎士団も、三巻となりました！

このあとがきを書いている私が一番驚いています。

獣騎士団としての新たな進展や、最後のリズとジェドのこと、などなど、お楽しみいただけましたでしょうか？

今回、初登場となったシモン君も大好きで、彼が加わった後のことを書き下ろして執筆いたしました。担当者様たちと私の中で、ニューアイドルの彼のことが熱く、まち様からのキャララフに盛り上がり歓喜しました。

そして、このたびは「リズとジェドの恋人になった姿を見たい！」と思い、書き下ろしで二人の初めてのキスも執筆させていただきましたっ！

私が個人的に見たかったというのもあります。

もう思い残すことはない！

……いえ、本音を言えば、もっと獣騎士団のみんなを書きたいのですが……第三弾、しっかり悔いなく盛りだくさんで書かせていただきました！

皆様っ、本当にありがとうございました！

まさかの獣騎士候補、一千年前の亡霊。今後、社交界でジェドをおおいに面白くさせてくれそうな期待大の、風変わりな年齢不詳のイケメン子爵様……そんな本編と併せて、リズとジェドにもワクドキで胸きゅんしていただけたらうれしいです。

このたびもイラストをご担当くださいました、まち先生！　とっってても素敵なリズとジェドの表紙をありがとうございました！　一巻、二巻と、二人の距離感が変わっていくのが見られて感謝感激で、幸せですっ。

紹介ページのシモン君とベルベネット子爵にも大興奮いたしました！　新キャラ二人のラフが届いた時も「神！（まち先生）」と大感激でした。

今作でもお世話になりました担当編集者様、このたびも本当にありがとうございました！　たずさわってくださいました皆様にも感謝申し上げます！

またいつか、どこかでお会いできますように！

百門一新

百門一新先生への
ファンレターのあて先

〒104-0031
東京都中央区京橋1-3-1
八重洲口大栄ビル7F
スターツ出版株式会社　書籍編集部　気付

百門一新先生

本書へのご意見をお聞かせください

お買い上げいただき、ありがとうございます。
今後の編集の参考にさせていただきますので、
アンケートにお答えいただければ幸いです。

下記URLまたはQRコードから
アンケートページへお入りください。
https://www.berrys-cafe.jp/static/etc/bb

平凡な私の獣騎士団もふもふライフ3

2021年5月10日　初版第1刷発行

著　者　百門一新
©Isshin Momokado 2021

発行人　菊地修一

デザイン　hive & co.,ltd.

校　正　株式会社　鷗来堂

編集協力　佐々木かづ

編　集　井上舞

発行所　スターツ出版株式会社
〒104-0031
東京都中央区京橋1-3-1　八重洲口大栄ビル7F
TEL　出版マーケティンググループ　03-6202-0386
(ご注文等に関するお問い合わせ)
URL　https://starts-pub.jp/

印刷所　大日本印刷株式会社

Printed in Japan

乱丁・落丁などの不良品はお取替えいたします。
上記出版マーケティンググループまでお問い合わせください。
定価はカバーに記載されています。

ISBN 978-4-8137-1090-5　C0193

ベリーズ文庫 2021年5月発売

『御曹司の蜜愛は溺れるほど甘い～どうしても、恋だと知りたくない。～』　あさぎ千夜春・著

リゾート会社に勤める真面目OL・早穂子は、副社長の始にとある秘密を知られてしまう。このままではクビと腹をくくるも、始から「君と寝てみたい」とまさかの言葉を告げられて…。その夜、本能のままに身体を重ねてしまった2人。これは恋ではないはずなのに、早穂子は次第に心まで始に溺れていき…。

ISBN 978-4-8137-1084-4／定価726円（本体660円＋税10%）

『秘密の一夜で、俺様御曹司の身ごもり妻になりました』　滝井みらん・著

ある日目覚めると、紗和は病院のベッドにいた。傍らには大手企業の御曹司・神崎総司の姿が。紗和は交通事故で記憶を失っていたが、実は総司と結婚していて彼の子を身ごもっているという。意地悪な総司のことが苦手だったはずだが、目の前の彼は一途に尽くしてくれ溺愛攻勢は留まるところをしらず…!?

ISBN978-4-8137-1085-1／定価715円（本体650円＋税10%）

『溺甘豹変したエリートな彼は独占本能で奪い取る』　西ナナヲ・著

仕事はできるが恋に不器用な穂香は、人には言えない秘密があった。そんな中、同じ部署に異動してきた駿一と出会う。穂香の秘密を知った彼は、なぜか穂香への独占欲に火がついてしまったようで…!?　「俺が奪い取る」――獣のように豹変した駿一に熱く組み敷かれ、抗うこともできず身体を重ねてしまい…。

ISBN 978-4-8137-1086-8／定価726円（本体660円＋税10%）

『今夜、妊娠したら結婚します～エリート外科医は懐妊婚を所望する～』　伊月ジュイ・著

出版社に勤める杏は、大病院に勤める敏腕外科医の西園寺を取材することに。初対面から距離の近い西園寺に甘い言葉で口説かれ、思わず鼓動が高鳴ってしまう。後日、杏が親からお見合い結婚を勧められ困っていると知った西園寺は、「今夜妊娠したら俺と結婚しよう」と熱い眼差しで迫ってきて…!?

ISBN 978-4-8137-1087-5／定価726円（本体660円＋税10%）

『仮面夫婦は今夜も溺愛を刻み合う～御曹司は新妻への欲情を抑えない～』　晴日青・著

恋愛不器用女子の紗枝は、お見合い結婚した夫・和孝との関係に悩んでいた。緊張のため"控えめな妻"を演じてしまう紗枝に、他人行儀な態度をとる和孝。縮まらない距離に切なさを覚えるけれど…。「俺はずっと我慢してたんだよ」――熱を孕んだ視線で見つめられ、彼の激しい独占欲を知ることになり…!?

ISBN 978-4-8137-1088-2／定価726円（本体660円＋税10%）

ISBN 978-4-8137-1099-8／定価715円（本体650円＋税10%）

ISBN 978-4-8137-1090-5／定価726円（本体660円＋税10%）

ベリーズ文庫 2021年6月発売予定

Now Printing

『いきなり求婚～一途な旦那様に甘く暴かれて』 紅カオル・著

祖父と弟の3人でイチゴ農園を営む菜摘は、ある日突然お見合いの席を設けられ、高級パティスリー社長の理仁から政略結婚を提案される。菜摘との結婚を条件に、経営が傾いている農園の借金を肩代わりするというのだ。理仁の真意が分からず戸惑うも、彼の強引で甘い溺愛猛攻は次第に熱を増していき…⁉

ISBN 978-4-8137-1100-1／予価660円（本体600円＋税10%）

Now Printing

『身ごもりましたが結婚できません』 惣領莉沙・著

エリート御曹司の柊吾と半同棲し、幸せな日々を過ごしていた秘書の凛音。しかし彼は政略結婚話が進んでいると知り、自分は“セフレ”だったんだと実感、身を引こうと決意する。そんな矢先、凛音がまさかの妊娠発覚！　ひとりで産み育てる決意をしたけれど、妊娠を知った柊吾の溺愛に拍車がかかって…⁉

ISBN978-4-8137-1101-8／予価660円（本体600円＋税10%）

Now Printing

『独裁新婚～俺様官僚は花嫁を手のひらで転がす～』 宝月なごみ・著

料理が得意な花純は、お見合い相手のエリート官僚・時成から「料理で俺を堕としてみろよ」と言われ、俄然やる気に火が付く。何かと俺様な時成に反発しつつも、花純が作る料理をいつも残さず食べ、不意に大人の色気あふれる瞳で甘いキスを仕掛けてくる時成に、いつしか花純の心は奥深く絡めとられて…⁉

ISBN 978-4-8137-1102-5／予価660円（本体600円＋税10%）

Now Printing

『瀬名先生とスキャンダラスな嘘婚生活～エリート弁護士は、無垢な新妻に陥落する～』 皐月なおみ・著

箱入り娘の渚は、父から強引にお見合いをセッティングされ渋々出かけると、そこには敏腕イケメン弁護士の瀬名が！　実家を出るために偽装結婚をしたいという渚に、瀬名は「いいね、結婚しよう」とあっさり同意する。形だけの結婚生活だと思っていたのに、なぜか瀬名は毎日底なしの愛情を注いできて…⁉

ISBN 978-4-8137-1103-2／予価660円（本体600円＋税10%）

Now Printing

『タイトル未定』 若菜モモ・著

ロサンゼルス在住の澪緒は、離れて暮らす父親から老舗呉服屋の御曹司・絢斗との政略結婚に協力してくれと依頼される。相手に気に入られるはずがないと思い軽い気持ちで引き受けたが、なぜか絢斗に見初められ…⁉　甘い初夜を迎え澪緒は子どもを授かるが、絢斗が事故に遭い澪緒との記憶を失ってしまい…。

ISBN 978-4-8137-1104-9／予価660円（本体600円＋税10%）

タイトル、価格等は変更になることがございますのでご了承ください。

ベリーズ文庫 2021年6月発売予定

Now Printing

『ペーパーマリッジ～次期頭取の愛され契約妻～』 砂川雨路(すながわあめみち)・著

銀行員の初子は、突然異動を命じられ次期頭取候補・連の秘書になることに。異動の本当の目的は初子を連の契約妻として迎えることで…。ある事情から断ることができず結婚生活がスタート。ウブな態度で連の独占欲を駆り立ててしまった初子は、初めて味わう甘く過保護な愛で心も身体も染められていき…!?

ISBN 978-4-8137-1105-6／予価660円（本体600円＋税10%）

Now Printing

『堅物閣下はわけあり男装令嬢を逃がさない！』 三沢(みさわ)ケイ・著

家督を守るため、双子の弟に代わって騎士になることを決意した令嬢・アイリス。男装令嬢であることは隠し通し、このミッション絶対やりきります！…と思ったのに、堅物で有名な騎士団長・レオナルドからなぜか過保護に可愛がられて…!?　これってバレてる？　騎士団長×ワケあり男装令嬢の溺愛攻防戦！

ISBN 978-4-8137-1106-3／予価660円（本体600円＋税10%）

タイトル、価格等は変更になることがございますのでご了承ください。